ハヤカワ・ミステリ文庫
〈HM512-1〉

解剖学者と殺人鬼

アレイナ・アーカート
青木 創訳

早川書房
9005

THE BUTCHER AND THE WREN

by

Alaina Urquhart

Translated by
Hajime Aoki
First published 2023 in Japan by
HAYAKAWA PUBLISHING, INC.
This book is published in Japan by
arrangement with
PERIMORTEM LLC
c/o WILLIAM MORRIS ENDEAVOR ENTERTAINMENT, LLC
through THE ENGLISH AGENCY (JAPAN) LTD.

この本は読まなくてもいいけれど、母さんと父さんに。もちろん、ネタを与えてくれたわけではないけれど（そりゃそうよね）、書くという行為のきっかけは与えてくれた。変わり者の娘なのに、どういうわけか親としてなすべきことは知っていた。そのことにはずっと畏敬の念をいだきつづける。

創作する自信を与えてくれたジョンに。歳を重ねるほどあなたがますます大好きになる。空気を読まずに九〇年代のR＆Bのバラードを歌うのはこれからもやめないで。

おもしろい本を書くという点でも、きれいな髪をしているという点でも、わたしがかないそうにない三人のかわいい子供たちに。あなたたちはこの本を読んだらだめ。いますぐ閉じなさい。

解剖学者と殺人鬼

登場人物

レン・マラー……………………法医病理学者
ジョン・ルルー…………………ニューオーリンズ市警の刑事。
レンの仕事仲間
ウィル・ブルサード……………ニューオーリンズ市警の刑事。
ルルーの相棒
リチャード・マラー……………レンの夫
ジェレミー・ローズ……………連続殺人犯
エミリー・マローニー…………ジェレミーの医学校の同級生
タラ・ケリー……………………弁護士
メーガン
ケイティ
マット
エマ
（以上）……………………………ジェレミーの〝客〟

第一部

1

ジェレミーは暖房の吹き出し口を通して悲鳴を聞く。聞いても反応はしない。夜の日課をなおざりにはできない。日々の決まりきった手順をこなしていると、自分らしくいられる。整頓されたバスルームのシンクの年代物の蛇口をひねるだけで、よりどころが定まる。日ごろから夜の締めくくりにこの鏡の前に立つ。シャワーを浴びたあと、いつもならゆっくりとていねいにひげを剃る。身も心もきれいになってベッドに潜りこむのが好きだからだ。どんな邪魔がはいろうとも、毎晩時間をかけてこの就寝準備を必ずやるようにしている。

今夜は、ひときわ大きな金切り声のせいで日課を中断される。ジェレミーは鏡を見つめ、憤怒(ふんぬ)が心にからみついてくるのを感じる。腐敗が広がるように怒りが湧きあがっている。

地下室からほぼ一定間隔で響く悲鳴のせいで何も考えられない。物心がついたときから、大きな音は嫌いだった。子供のころは、混雑した場所の騒音に囲まれていると、万力で押し潰されるように感じたものだ。いま、心から聞きたい音があるとすれば、それはバイユー（ミシシッピ川下流に広がる流れのゆるやかな沼沢地）の音だけだ。生き物たちが奏でるそのシンフォニーは、暖かい毛布のように心を落ち着かせてくれる。自然はいつだって最高のサウンドトラックを生む。

悲鳴を頭から締め出そうと努める。この日課は神聖なものだ。ため息をつき、額に垂れたブロンドの髪のひと房を掻きあげてもとに戻し、シンクの横のラジオをつける。音に慰めを見出せるときはもうひとつだけあり、それは音楽を聴くときだ。安らぎを求めていたのに、スピーカーががなり立てたのはドレイクの《ホットライン・ブリング》だったから、すぐさまラジオは消したが。ときどき、自分は生まれる時代をまちがえたのではないかと思ってしまう。

両手の血と汚れをゆっくりと洗い流しながら、暖房の吹き出し口からうるさく漏れてくるくぐもった苦悶のうめき声を意識しまいとする。鏡に映った自分の顔に目を凝らす。歳を重ねるほど、頬骨が少しずつ盛りあがり、高くなっているように感じる。この加齢の産物には奇妙なほど満足しているし、喜ばしく感じている。社会に適応した者の多くは彫りの深い顔に憧れる。このえり好みに不吉な歴史があることを理解している者はいないと言っていい。祖先は生き延びるためにしばしば野蛮な手段もとらざるをえず、その結果として何百万年も前に残忍な性向が生み出されたのに、ほとんどの人間はそれに目を向けようとしない。進化の過程で有用とされた性質なのに。人々はみずからの好みが残忍性に根ざした遺伝子プールに関係していることを愚かにも理解していない。

　ジェレミーの外見は必ずしも悪に染まった人間らしくない。無害そうだし、いかにも健全な人間に見えなくもない。だからうまくいく。ショクダイオオコンニャクという植物がある。通称は死体花（コープス・フラワー）。大きく、美しく、見た目はまったく危険そうではない。しかし、十年に一度ほどしか咲かない花が咲くと、腐肉に似たにおいを放つ。それでも生き延びている。繁栄している。ジェレミーはこの死体花とさほど変わらない。人々はこの珍しい植物に群がり、死体花は奇怪な性質にもかかわらず、賞賛される土台を築いてきた。

　あすは木曜日だ。木曜日はジェレミーにとっての金曜日だが、そういう言い方をされるのは心底嫌っている。それでも、テュレーン大学医学校の二年生に進んでから、金曜日は仕事を休むという贅沢を楽しんでいる。いくつか受けなければならない講義はあるが、金曜日は週末のはじまりだ。やることの大半は週末に片づける。つぎの週末にはいまの客たちのためにすばらしい計画を用意してあるから、とりわけ待ち遠しい。もちろん、その計画を完璧に遂行できるかどうかは、客をもうひとり増やせるかどうかにかかっている。

エミリーをきっと客に加えてみせる。生物学の研究室ではじめてパートナーになってから何週間も検討を重ねたが、自分が渇望しているやりがいをエミリーなら与えてくれるにちがいない。エミリーは週に二、三度ジョギングをしているし、体に毒を取りこんでいるようにも見えないから、スタミナがあるはずだ。住まいはポンチャトゥラにあり、大学の近くに大きな古い家を借りて、ルームメイトふたりと同居している。新しい研究パートナーにやたらと自分語りをしたがることを除けば、有能で、人に頼らず、頭も切れるから、ゲームの際はそれが武器になるだろう。エミリーの仲間にもそれなりの価値はあるが、この家に長期滞在したあとで、ジェレミーが計画した週末すべてを使うゲームをやらせるのは荷が重そうだ。

ほかの客ふたりは、先週の土曜日の夜にここに来て以来、少しばかり殴られたり小突かれたりしている。ふたりとは〈ブキャナンズ〉で事前準備なしに接触した。エミリーに対してそうしたように、ふだんなら時間をかけて客候補に近づくのだが、このふたりは簡単にジェレミーの手に落ちた。世界がごみの処分を頼んできたかのように。その頼みを聞いたのは言うまでもない。

ケイティとマットはいやになるくらい平凡だ。まるで独創性がなく、ドラッグの誘いだけで、整った顔立ちの見知らぬ男の家まで喜んでついてきた。いまとなっては、ケイティとマットも選択を誤ったことを知っている。暖房の吹き出し口からまた苦悶のうめき声が聞こえ、ジェレミーはとうとう我慢できなくなる。

就寝前の儀式を中断し、階段を駆けおりて、客が滞在している地下室へ行く。ケイティの低いうめき声がすぐさま恐怖の金切り声に変わり、ジェレミーが近づくと、その小柄な体が文字どおり縮みあがる。

「人の家にあがりこんでいるという事実をわかっていないようだな」濁った茶色い目を見据えながら言う。

ケイティはどうしようもないほど十人並みだ。生気のない茶色い髪が、膠じみた古い血で首にへばりついている。本人は必死に隠そうとしているが、美的感覚はトレーラーハウス住まいまる出しだ。少しだけネズミに似た歯並びは、これほど度しがたい愚か者でなければチャームポイントに見えたかもしれない。バーで声をかけたとき、ケイティはチアリーダーをしていた高校時代の思い出話をマットにおもしろおかしく聞かせていた——いまの体形を考えれば、とても信じられなくて哀れさえ催す話だった。ジェレミーはケイティを椅子に縛りつけている革紐を調整し、点滴バッグから輸液が適切に投与されていることを確認する。ラインはねじれていないし、バッグはほぼ満量だ。

「マットは礼儀をわきまえているぞ。マットを見習え、ケイティ」ジェレミーは大きな笑みを浮かべ、隣の椅子にすわりこんだまま、無言で身じろぎもしないマットを手ぶりで示す。

この前ジェレミーがここに来たときに、おそらくはショックからマットが失神したことをふたりとも知っている。ケイティが大声で泣きはじめたので、ジェレミーは目をくるりとまわす。品位を試されている。ケイティの見苦しい態度にますます嫌気が差してくる。

暗闇の中、ケイティの隣に無言で立って、椅子と椅子のあいだに置かれたポータブルスピーカーの再生ボタンを押す。エドウィン・コリンズの《ア・ガール・ライク・ユー》が室内を満たす。ジェレミーはひとり笑みを浮かべる。ようやくまともな曲が流れた。

「ああ、このほうがいい」音楽に合わせて体を揺らし、ケイティに気を静める機会を与える。

最初のコーラスが終わるころには、ケイティは泣き叫びはじめる。ジェレミーはためらいなく椅子の後ろにあったペンチをつかみ、すばやい一動作でケイティの左親指の汚らしいピンク色の爪を剝がす。悲鳴をあげるケイティの顔を引っ張り、自分の顔と突き合わせる。

「まだ騒ぐのなら歯を一本ずつ抜く。わかったか？」と脅す。

ケイティはどうにかうなずき、ジェレミーはペンチを隅にほうり投げる。ウィンクをしてから上に戻る。

ジェレミーは慈悲をよく知らないまま大人になった。何事もよく知らないまま大人になった。父親は厳格だが公正な人間で、家庭では妻と息子に一定の服従を求めた。父親の機嫌がいいときに会えると、ジェレミーはそのていねいな指導を受けて、のちのちまで役立つ技術や教訓を学んだ。街の飛行機修理工だった父親は、さまざまな航空機器を整備していた。正規の教育が必要な職業ではなかったとはいえ、ジェレミーは父親が飛行機関連の仕事をしていることを日ごろから誇らしく思い、人類の最も重要な発明のひとつをひと目でも見たがった。しかし、父親の機嫌が悪いときは冷たくあしらわれた。

気まぐれな人ではあったが、ジェレミーは父親が毎日仕事から帰ってくるのを楽しみにしていた。たいしたことはいっしょにやらなかったが、それでよかった。日中はずっと母親と過ごしていたから、寝る前に父親とテレビ番組を観ているときの心地よい静けさが好ましかった。ジェレミーはほぼずっと重度の育児放棄をされていたが、まるで愛情を加減できないかのように、たまに母親が過保護になるときがあった。母親はいつも両極端だった。

予測できない両親のむら気に振りまわされていたころ、いつも息抜きになったのは本で、本はジェレミーの心をとらえて放さなかった。七歳になっても、ジェレミーは就学していなかった。母親は育児放棄をしつつも、数日おきにセント・チャールズ・アヴェニューの図書館に連れていってくれた。行くのは父親が働いている平日ばかりだった。当時のジェレミーは、母親がひとり息子を図書館に連れていくのは司書のひとりと浮気をするためだということを知らなかったが、この外出から人のだまし方を学んだのは確かだ。母親は書架のあいだを歩きまわる息子をほうっておいて、ミスター・キャラウェイと奥の部屋に引きこもるのだが、ジェレミーはそれをけっして父親に言ってはならないことを早くから学んだ。もっと重要だったのは、盗みを覚えたことだ。母親が借りてくれるとは思えなかったから、コートやリュックサックに本を隠して持ち帰った。いまなら、職員が哀れみから見て見ぬふりをしてくれていたにちがいないとわかるが、あのころは毎週強盗をやり遂げているように感じていた。

ときどき、司書のひとりであるミス・ノックスが話しかけてきた。ある日、家で何か困ったことはないかと単刀直入に訊かれたのだが、そのときのミス・ノックスの声は心配そうに震えていた。ジェレミーは答えず、代わりにロボトミーについての本はないかと尋ねた。しばらく前から、この廃れた医療処置とその最も熱心な専門家だったドクター・ウォルター・フリーマンに夢中になっていたからだ。週末に父親がドキュメンタリー番組《フロントライン》の〈壊れた心〉というエピソードの再放送を観ていた。そこでは精神科の治療が厳しく批判され、ロボトミー手術が大きく取りあげられていた。この手術により、さまざまな疾患、とりわけ統合失調症と診断された患者が、その異常行動の原因と推定された脳の神経回路を切断されたらしい。

ジェレミーが最も心を奪われたのは、ドクター・フリーマンがおこなった前頭葉に対するロボトミーだ。〝アイスピック・ロボトミー〟という俗称は実に挑発的だった。非の打ちどころのない人物だったのに、病んだ心を探求したいという欲求によってゆがんでしまった外科医の姿が浮かんだ。のちの一九九二年、連続殺人犯のジェフリー・ダーマーが被害者を言いなりにさせるために使った方法として、この用語がニュースで軽々しく使われるのを耳にしたとき、ジェレミーは嫌悪感を覚えた。ダーマーは被害者の脳に洗浄剤と酸を流しこめば自分用のゾンビを作り出せると思うほど愚かだった。まさに無能だ。ダーマーのやったことを〝ロボトミー〟と呼ぶのは、テッド・バンディ（一九七〇年代に多数の女性を拉致、殺害した）のやったことを〝デート〟と呼ぶようなものだろう。ドクター・フリーマンが墓の中で身もだえしている音が聞こえそうだった。

ジェレミーは知識に飢えた子供だった。そして慢性的な刺激不足だったから、実験によってみずからの飢えを満たした。子供のころの父親の忠告は、その後もずっと心に響いていた。

「何かを知りたいのか？　それなら、中身を見てみないとな」

2

これほど早い時刻でも、ルイジアナの空気は濃密に感じられる。法医病理学者のドクター・レン・マラーは、車からおりて蒸し暑い夜の中に踏み出したときも、目をしばたたいて眠気を振り払っている。腕時計に目をやり、二、三カ月でいいから犯罪者も午前二時には悪事を休んでくれればいいのにと思い、うんざりする。

生い茂った水浸しの草木の中に踏みこみ、近くに立っていたヌマスギのむき出しになった根に乗って体勢を安定させる。幹の溝が民話に出てくるバイユーの太古の怪物の崩れかけた手を思わせ、取りこまれそうな気がする。立ち止まり、前方に見える人工の光に目が慣れるのを待つ。三人の警官が懐中電灯を下に向け、水辺の何かを照らしている。光線が闇を貫き、周囲のあらゆるものをいっそう黒く染めている。このコントラストはありがたい。現場がはっきり見えやすくなるからだ。

水辺沿いに群生している丈の高い草の根もとに、女の半裸の死体が捨てられている。頭と肩は濁った黒い水に完全に浸かっている。体の残りの部分は仰向けの状態で草の中でまるまっている。身長は高く、体重は平均ぐらいだ。背後を一瞥すると、担架の前後を持ってついてくる検死官助手たちが見える。三人がかりでも、この不吉なバイユーから死体を運び出すのは骨が折れそうだ。

わずか二週間前にも、〈トゥエルヴ・マイル・リミット〉という名のバーの裏で、別の若い女の腐乱死体が発見された。死体は水溜まりでうつ伏せになっていて、悪臭のする沼の水でずぶ濡れになっていた。周囲を見渡したレンは共通点に気づくが、頭の中ですぐさま警鐘が鳴りはじめたにもかかわらず、それを抑えこむ。死体を迎えるときは、けっして先入観や思いこみを持たないようにしている。とはいえ、この身元不明の女性（ジェーン・ドウ）だけに意識を集中しながらも、犯人の遺留品が隠されていないか調べようと心に留めておく。二週間前に先の被害者が発見されたときは、その喉に本のしわくちゃになったページが数枚押しこまれているのが見つかった。ページは水浸しで大半が判読できなかったが、〝第七話〟ということばがかろうじて読みとれる一ページだけはほぼ無傷だった。

今回の現場に慎重に近づく。ジェーン・ドウはシャツを着ておらず、ひどく汚れたデニムのカットオフジーンズと青いブラジャーしか身に着けていない。腹部に水平の大きな裂傷がある。無遠慮な生物に内臓をほとんど引きずり出されている。セミがうるさく鳴いていたことだろうと思わずにはいられない。いまうるさく鳴いているのは確かで、その中を疲れた一団がこの女の最期の瞬間を明らかにしようと試みている。ジェーン・ドウを殺害した人物は、死体をここまで運んで腐るままに放置したときに、死に際の様子を思い返したりしたのだろうか。悪人の思考にレンは興味をそそられる。だが、死者の最期の思考のほうがもっと興味をそそられる。

現場に視線を戻し、ジェーン・ドウの左手首に紐を編んだブレスレットがはめられているのに気づく。もともとの色は真っ白だったようだが、長く使われて古びた色を帯びている。レンは女がこの平凡なアクセサリーを買っているところを想像する。それを手に取ってひっくり返したりしてから、買おうと決める姿が目に浮かぶ。陳列棚の端にあって、衝動買いした品が、持ち主の死によって永遠に残りつづけることになる。

気づけば死体にさらに近づいている。助手たちの助けを借りて、傾斜した岸に死体を引きあげ、もっとよく見るために頭を水からゆっくりと引きずり出す。ジェーン・ドウの顔には死斑が明確に現れている。拍動が停止し、循環しなくなった血液が重力に引かれて顔に広がったために、頰(ほお)と額に目障りな斑点ができている。光量が足りないので鮮明には見てとれないが、死斑の色は濃いピンク色のようだから、被害者が息を引きとったのはいまから十時間ほど前だと考えられる。死斑は死後三十分もすれば出現するが、二、三時間経たないとはっきり視認できない。約六時間後には死斑は濃いピンク色になり、肉眼でも見まがいようがなくなる。死後十二時間もすると、死斑は最も強い状態で固定される。

永遠の恐怖に凍りついたジェーン・ドウの顔を上から下へと見ていくうちに、頸部にくっきりとしたあざがあることに気づく。これは首を絞められたことを明白に物語っている。死体安置所に戻ったらこれらの傷跡をよく調べようと心に留めると、紫色のゴム手袋をはめ、女の喉の肉を傷つけている深い溝に指を這わせる。

何かかさばったものやとがったものはないかと注意しながら、ジェーン・ドウのポケットを外から叩いていく。このひと手間に感謝したことは数えきれない。注射器の感触に気づいたおかげで、病院送りにならずに済んだという具合に。危険そうな感触はなかったので、ジェーン・ドウのポケットに手を入れてみたが、何もない――身元がわかるものは死体に残っていない。

「まわりに何かなかった？　財布とか」答はわかっていたが、それでも訊いてみる。

懐中電灯をこちらに向けている三人の警官を見あげて確認する。三人とも首を横に振る。

右側の若い警官が死体の周囲に懐中電灯をおざなりに向ける。「あんたもおれたちも見えているものは同じだ。財布も、身分証も、凶器も見当たらない」

気に入らない態度だったが、レンはうなずいてジェーン・ドウの手足を動かし、二の腕の後ろ側にかすれた古いタトゥーがあるのを見つける。祈るように両手を合わせ、そこにロザリオをからませた図案のようだ。

「カメラを貸して」タトゥーから目を離さずに手を差し出す。

採用されたばかりの助手のひとりが急いでバッグからカメラを出し、お手玉をしそうになりながらも、レンの手のひらに置く。レンはほかの何かを調べる前に、タトゥーの写真を何枚か撮影する。

「解剖室でもっとましな写真は撮るけど、念のためによぶんに撮っておいても損はないから。搬送中に何が起こるかわからないし。身分証がないから、身元につながるどんな糸口も見逃せない。見逃したら、この女性は死体安置所に何カ月も居すわることになる」と説明し、カメラを助手に返して、指の関節を鳴らす。褒められた癖でないのはわかっているが、それでも癖なのだから仕方がない。「よし、死亡時刻を推定するうえで、何が手がかりになる？」

若い弟子ふたりに目をやると、とたんにどちらも顔を曇らせる。

ひとりがわかりきったことを口ごもりながら言う。「ええと、その、死斑があるので……」

前かがみになり、ジェーン・ドウの赤らんだ顔を手ぶりで示す。

方法はどう？」

レンは薄く笑ってうなずく。「ええ、それは見ればわかる。そこまで一目瞭然ではない方法はどう？」

この助手が聡明であることは知っている。頭の回転はまだそこまで速くはないが、やらなければならないことをわかっている。速さはあとからついてくる。じきに犯行現場でもオフィスでも考えるより先に体が動くようになるだろう。

助手はやや不安そうに黒髪を掻きあげて、ためらいがちに言う。「直腸温ですか？」

レンは指を銃の形にして助手に向けるが、渋い顔でかぶりを振る。「いい勘をしている。温度が管理された環境だったら、それで正解だった。あいにく、この女性がここにいたあいだ、気温が爽やかな二十八度を保っていたとは想定できないし、期待もできない」担架を手ぶりで示して指示する。「被害者を運び出すから、袋をあけて」

助手たちが白い遺体袋をあけると、レンはつづける。「死斑を指摘したのは正しい。最も強い状態で固定されているから、死後十二時間は経過している可能性が高い。腕を持って」

助手がふたりとも進み出たので、レンはうなずいてそれぞれがジェーン・ドウの腕を一本ずつ持つことを許可する。

「動かしてみて」レンは言い、ふたりがどうにかして少しでも腕を動かそうと格闘するのを眺める。

「驚いたな、動きませんよ」弟子のひとりが言う。

レンは手袋を手首まで引っ張る。「そのとおり。固まり、曲がらないほど硬直している。まだ解けていない。これは何を意味する？」

現場の警官は明らかに苛立っている。真夜中にほかに何かやることでもあるかのように、これ見よがしにため息をつき、大げさに天を仰いでいる。苛立ちを示されても、レンは動じない。起こされて午前三時に死んだ女と沼地にいる羽目になったのだから、ついでに新人の訓練ぐらいはやらせてもらう。

近いほうの助手が立ちあがってズボンの皺を伸ばす。「ええと、死後十二時間が経過しているという推測と一致します。これほどの硬直は三十時間以上つづきますから、もっと長時間が経過しているかもしれません」

そう、その調子。

自信がついてきたようで、頼もしい。これだけの事件数をかかえていると、有能な手伝いはいくらいても足りない。

「ビンゴ。それから、これを見て」レンは言い、先ほどから全員が顔から払いつづけている黒いハエの群れを指差す。「このあたりには虫が無数にいるだろうけど、この小さいのはクロバエよ。真っ先に死骸に寄ってきて、卵を産みつけ、それが孵ってウジになる。まだウジは孵っていないけど、卵は産みつけてあるかもしれない。こういったことも、先ほど推定した時間と一致する。犯人は真っ昼間に犯行におよんだ可能性がある。だれがやったにしろ、面の皮が厚いろくでなしよ」

新人たちは熱心に耳を傾ける学生の役を演じているが、足を踏み替え、体をわずかに揺らして眠気を振り払っている様子からして、興味を失っているようだ。一行が立ち去ろうとしたとき、木立にいた若い警官が呼びかける。「おい！　ここに服があるぞ！」

懐中電灯を下に向けて叫んでいる。

レンは思わず忍び笑いを漏らし、嫌みを言った。「あらあら、せっかく引きあげるつもりだったのにね」

先ほど話した警官が怒りの目をレンに向けてから、木々のほうへ歩きだす。助手たちには死体とともに待っているよう身ぶりで示してから、レンもそちらへ向かう。懐中電灯で照らされた一角に近づくにつれ、場ちがいな物体が見えてくる。茂みの下に汚れた黄色いTシャツがていねいにたたんで置かれ、その上に黒いビーチサンダル一足が載せられている。写真を撮影してから、警官がそれぞれを拾いあげて証拠品袋に入れる。シャツを広げたとき、何かが地面に落ちて小さな音を立てる。

る。

「いまのは本？」レンは疑問を口にしながら、しゃがんで自分の小さな懐中電灯を点灯す

レンの前に落ちていたのは、『食屍鬼（グール）』という書名の小さなペーパーバックだ。よく見ると、ホラー小説のアンソロジーだとわかる。背後でだれかがさらに写真を撮影し、レンは本を持って立ちあがる。手の中でひっくり返してから、そこにいた警官たちに差し出す。

「この書名に聞き覚えはある？」

みな首を横に振る。ひとりが手袋をはめた手を伸ばして本を受けとる。

「被害者のものかな」上の空で袋を開きながら疑問を口にする。

「それを突き止めるのがわたしたちの仕事よ」レンは切り返し、その警官が手順どおりに着衣を袋に入れるのを見届ける。

湿った土に靴が沈みこむのを感じながら、後ろを向く。担架のところに戻ろうと足を抜けば、ガボガボという音が聞こえる。助手たちを手伝ってジェーン・ドウを遺体袋に入れ、担架に乗せる。手袋をはずす前に、もう一度死斑の色に注目する。光の加減によっては、ずっと明るい色合いのピンク色に見える。助手ふたりを引き連れ、検死局のバンまで慎重に死体を運ぶ。バンのリアドアをあけ、警官たちが凹凸のある土地を苦労して抜けてくるのを待ちながら、死体安置所に身元不明の死体がまた増えるのかと思って、静かな恐怖を

覚える。

「今夜、あなたがいなくなってだれが心配しているの?」目の前のジェーン・ドウに静かに問いかける。

近くにいた警官が笑い声を漏らす。

「死体が返事をしてくれるのかい」とからかう。

レンはその警官の目を見つめてから、リアドアを閉め、運転席側のドアへ歩く。

「死者がこれまでに教えてくれた秘密の数を知ったら、驚くわよ」

3

朝は心地よい。ジェレミーは濃いコーヒーが飲みたくなる。朝食は必ず食べるようにしている。一日の残りは慌ただしくて先を見通しにくく、昼食休憩も調べ物で潰れるから、まともな食事をとれるとはかぎらない。キッチンのカウンターに置いた小さなテレビに目をやる。ニュース番組は先週から、ニューヨーク州ダンネモラのクリントン刑務所から受刑者ふたりが脱獄した事件で持ちきりだ。恋に溺れた刑務所職員が服役中の殺人犯ふたりの脱獄に手を貸すという《ショーシャンクの空に》めいた話は、ここルイジアナでも人々の興味を掻き立てている。

テレビを観ながらスクランブルエッグを作り、ターキーソーセージとともに食べる。健康を考えてベジタリアンになろうかと考えることもあるが、いまひとつ自分を納得させられない。同じ種である人間の大半より動物のほうに敬意をいだいているのは確かだが、それはもっぱら、動物がこの世界に生まれてからすぐに得る生存能力のためだ。動物に感情移入しているわけではないので、簡単に摂取できるタンパク源を拒む必要を感じない。皿を洗ってから、客の様子を確かめに下へ行く。

ケイティは明らかにおとなしくなっている。

「ネズミじみた歯でも大事なようだな」とジェレミーはひとりごとを言う。

ケイティの左手には血がこびりつき、その血は椅子の脚と下の床にまで垂れて乾いている。本人は前かがみになって気を落ち着かせていて、ジェレミーは邪魔をしてやりたいという強烈な欲望を感じる。残念ながら、遅刻しそうなので、けさはよぶんに楽しんでいる時間はない。代わりにウィンクをする。ジェレミーを見たとたん、マットがテストステロンに煽られて癇癪を起こし、唾を吐きかけて毒づき、腕を縛りつけている鎖を引きちぎろうとする。ひと晩かけて地下室の床から椅子をはずそうとしたあとが見えるが、椅子の脚にひびを入れるのがやっとだったようだ。ここの椅子はずっと前にコンクリートで基礎に埋めこんである。動かしようがない。いわばリスク評価として、万が一椅子を倒すことができたらマットはどうするつもりだったのだろうと一瞬だけ考えたが、時間のむだだとすぐに思い直す。マットは愚かだし、ますます弱っているから、向こうに勝ち目はない。点滴バッグを確認し、補充をはじめると、マットが精いっぱいタフガイらしくふるまう。

「必ず八つ裂きにしてやるからな、このげす野郎！」悪臭のする唾をジェレミーの頬に飛ばしながら叫ぶ。

マットの前歯にペンチを何度か使おうかとも考えるが、アイロンをかけた清潔なワイシャツの替えがない。それに、自分の小便まみれですわっているくせに〝げす野郎〟のようなことばを使う男には嫌悪しか感じない。そこでマットの顔を強くつかむと、口にディープキスをし、歯が食いこむ心地よい音が聞こえるほど強く下唇を噛んでやる。ジェレミーでも快楽を求める本能に身を任せるときがあり、それを後悔することはめったにない。

「おまえは自分の意思でここに来た。それを忘れるな」口の中が血でいっぱいになったマットにすごむ。

マットは血を吐き出して支離滅裂な怒鳴り声をあげ、ケイティはその隣で静かにすすり泣いている。ジェレミーは笑みを返して上へ向かい、口に付いたマットの血をティッシュペーパーで拭うと、玄関の鏡に映った自分の姿にすばやく目を走らせる。ほつれたブロンドの髪を直し、ドアから外に出る。

ジェレミーは物流倉庫企業でデータ入力と請求書作成の仕事をして生活費を稼いでいる。字面どおりの頭を使わない退屈な仕事で、コンピューターのプログラムに数字を書き写す作業に週の大半を費やさなければならないことがいやでたまらない。きょうも外のよどんだ空気を抜けて、ラヴェット・ロジスティックス社のロビーに歩み入る。夏のルイジアナは、駐車場を歩くのも温めたバターを掻き分けて進むように感じられる。重く、湿っぽく、鬱陶しい。ロビーにはいると、四方から吹き出してくる圧縮された冷気に順応しようと体が苦労しているのを感じる。エアコンは効きすぎだし、社員はまぬけばかりだし、このトリ皿にこれから何時間も押しこまれるかと思うと、まさに昼に悪夢を見る気分だ。バッグに手を入れ、入館に必要な社員証を忘れたことに気づく。昨夜、ケイティに気をとられたせいだ。静かにため息をつき、受付カウンターの向こうにいる女に歩み寄る。太り気味の女で、ノースリーブのワンピースやブラウスばかり着ていつも見せつけている腕は、油まみれのクリスピーチキンの皮を思わせる。まるい顔を縁どるブロンドの髪は根もとが黒いことからして地毛ではないし、染めすぎで傷んでいる。目の色をわざわざ確かめようとしたことは一度もない。目もとの厚化粧を見ると吐きそうになるからだ。きょうは緑色を帯びている。カビが眼窩に住み着き、まぶたを突き破ってまるい顔のほかの部分にコロニーを作ってでもいるようだ。女はいつものように電話の画面をスワイプしているが、運命の相手と引き合わせてくれるはずのデートアプリを経由して、遠まわしに卑猥な誘いをかけるメッセージを送りつけてくる野蛮人たちの品定めをしているにちがいない。

「どうかしたの、ジェレミー」近づいていくと、女は訊く。

女の名前は覚えないようにしていたから、ジェレミーは自分の名前を言われてたじろぐ。愛想笑いを顔に貼りつけ、女の前のカウンターに肘を突いて寄りかかる。

「心やさしいきみにお願いがある。ドアのロックを解除してくれないかな」甘い声で言い、バッグを身ぶりで示す。「カードキーを忘れてしまったんだが、早く中にはいって仕事をはじめたくてうずうずしているんだ」

女はけたたましく笑い、まるでそうすれば淑女らしく見えるとでもいうように、口を手で覆う。ジェレミーは吐き気をこらえ、女に合わせて含み笑いをする。女は笑みを浮かべながら、アクリル塗料を塗った爪で解除ボタンを押す。

「ひとつ貸しよ」ウィンクをして言う。

「きみに借りなんてないね」ジェレミーは冷たく応じ、ロビーを離れる。あの女はこの返事を冗談だと受けとりそうだ。どうでもいいが。

4

レンはフェイスシールドを装着し、目の前で死体安置所の冷たいストレッチャーに横たわっている死体を無言で見つめる。垂れた片方の眼瞼の奥から女が見返している。隙間からわずかにのぞく右目さえもが、女の味わった恐怖をまざまざと伝えている。

水浸しになった着衣はすでに写真を撮影して脱がしてある。いま技師たちが、繊維や毛髪などの、こんなことをした獣につながる手がかりを調べている。レンは骨折している様子がないか触診し、すでに分解作用によって顔貌が崩れはじめているにもかかわらず、顔面に溢血点が見てとれることに注目する。ルイジアナの太陽は生者にもかなり過酷だが、死者にはとりわけ容赦がない。死体がわずかに膨張していること、著明な腐敗がないことからして、被害者が外気にさらされていた期間は一日程度だと推定する。

喉のあざを注視する。複数の索痕が交差し、喉頭周辺の組織に深く食いこんでいる。これは死因ではない。賭けてもいいが、致命傷になったのは腹部の傷だ。頸部のあざは血流があったことを示していて、心臓が動いていないとそれはありえない。この気の毒な娘は殺意なく機械的に首を絞められたということになる。犯人は被害者を死によって解放する前に、残酷に首を絞めて楽しんだだけだ。考えられる最も苦痛に満ちた方法のひとつで。腹腔を端から端まで切り裂いている腹部の傷は深く、切り口がぎざぎざになっている。血液が傷の内部で凝固しているが、これは被害者がまだ生きているうちに犯人が傷を負わせたことを示している。筋肉の一部に残った死後硬直や、肝臓の温度を考慮すれば、死亡時刻は約三十六時間前だ。あいにく、犯行現場で確認した死斑は、死亡してからの経過時間がそれよりもやや短いことを示している。死後三十六時間も経過すれば斑点は濃い赤や青や紫になるはずなのに、ジェーン・ドウの皮下に沈降した血液は明るいピンク色だ。

この食いちがいにレンは顔をしかめるが、検死を進めることにする。死斑は死後に死体が動かされたかどうかを判断する材料にもなるが、いまストレッチャーに乗っている被害者は動かされている。腹部を切り裂かれたのちに循環しなくなった血液は、臀部の右側と顔面の右側と右腕の一部に沈降している。つまり、被害者は死後、体の右側を下にして横たわっていた。背中の下部と上部にも沈降している形跡があるから、どこかの時点で仰向けにもされている。右側の死斑のほうが色が濃いから、右側を下にして横たわっているときに死亡し、その後仰向けにされたと推測して差し支えないだろう。パズルのピースがきれいにはまるように、こうした細かい所見は噛み合うが、死斑の色がやはり引っかかる。

ジョン・ルルー刑事が入室し、顔にマスクを着け、右手にゴム手袋をはめる。角張った顎はあからさまに固く閉じられ、マスクの上からのぞく藍色の目は、無数の問いを発しているかに見える。

ルルーが解剖室にはいってきたとき、レンは一瞬だけ顔をあげる。何年も前からの仕事仲間なので、その表情はすぐに読みとれる。働きすぎで、答を求めている。

「何かわかったことがあると言ってくれ、マラー」ルルーはズボンのウェストの位置を調整し、両手を腰に置いて言う。

レンはわずかにためらってから、顔をあげる。

「犯人は被害者を冷凍していた」

5

ジェレミーは自分のブースの席にすわると、コンピューターの電源を入れ、コーヒーと携帯電話を手の届くところに置く。ニュースサイトやソーシャルメディアに軽く目を通し、一日をゆっくりとはじめるのが好きだ。きょうは《タイムズ＝ピカユーン》紙のウェブサイトの第一面に目が留まる。〝オーリンズ郡の行方不明になった男女の捜索を強化――友人たちは夜を徹して祈りつづける〟。危うく吹き出しそうになる。夜を徹して祈るという行為にはいつだって興味をそそられる。

ケイティとマットがわが家の地下室で苦しんでいるときに、蠟燭（ろうそく）や写真がなんの役に立つ？

記事の写真に写っている〝友人たち〟は沈痛な表情で涙ぐんでいるが、新聞に載った自分の姿が見たいだけだろう。だれにだって動機がある。わざわざこれ見よがしに悲しみを示していることからして、この連中が注目されたいというおぞましい欲求を満たすためにスポットライトを浴びているのは明らかだ。記事の残りに目を通すと、人類の遺伝子プールの汚点に等しいあのふたりを、すみやかに捜し出さなければならないと詳しく書かれている。

「おっかない事件だよな」同僚のコーリーが声をかける。ジェレミーのブースの仕切りに肘を突いて、コーヒーを飲んでいる。「そのふたりもほかの被害者と同じ運命をたどるだろうな。これまでの事件と似てることはだれだってわかる。犯人は被害者の死体を捨てたら、数日以内につぎの被害者をつかまえてる。行方不明になってた別の若い女の死体が見つかったらしいじゃないか」首を横に振り、コーヒーをもうひと口飲む。コーリーはほかの被害者を引き合いに出したが、その考えは部分的には正しい。ジェレミーはしばらく前からこの犯罪に手を染めていて、この時点で被害者は六人にのぼっている。これまではコーリーの推測どおりにしていた。いまの客に飽きたら、つぎの客を捜しにいった。重なったのは今回がはじめてだった。ケイティとマットはまだメーガンが半死半生のうちに家に来た。そう計画したわけではなかったし、危険もともなったが、恰好の客に出会えたら臨機応変な対応もときには必要になってくる。

メーガンはみじめで向こう見ずな女で、先週の木曜日にバーで口説いて連れ出した。下品で、騒々しく、横柄で、口を開いた瞬間から苛々させられた。あるとき、メーガンは地下室から叫び、ジェレミーを〝マザコン男〟呼ばわりし、激怒させた。怒れば理性に基づく慎重な思考が妨げられるのはわかっていた。怒りに身を任せたら、重大な過ちを犯したかもしれない。メーガンのせいで冷静さを失いかけ、それとともに自由を失いかけたわけだから、ジェレミーはメーガンを深く恨んだ。

何日かかけてメーガンの心を折ろうとした。何日の何時何分が自分の最期のときになるのかと考えるうちに、メーガンの心理状態がどう変わっていくのかを見守った。ゲームをはじめてから数日後、無言で地下室に歩み入った。急になんのやりとりもしなくなったのは何かの予兆のはずなのに、メーガンはそれに気づかないまま、腹にナイフを突き刺された。ジェレミーは力いっぱいナイフを引いて腹腔を切り裂き、メーガンが地下室のコンクリート製の床で苦痛にのたうちまわるさまを観察した。この結末は意図して選んだ。腹の傷は実に悲惨だ。胆汁と胃酸が傷に流れこみ、被害者はみずからの体液によってゆっくりと毒される。

それが日曜日の夜のことで、その前日にケイティとマットは家に来た。メーガンの死体はけさ発見された。ラジオで報じられているのを耳にしたのだが、まだ詳細は発表されていない。不安は感じない。死体には証拠をいっさい残さないように細心の注意を払っている。念のため、ふたりのささやかなゲームでメーガンの首を絞めるのに使った釣り糸と電気コードも処分してある。

ジェレミーは犯行の手口をはじめから決めていたわけではなかったが、たいていはバーやナイトクラブの外にいる二十代か三十代の人物を標的にした。しかし、殺害方法は興味の赴く(おもむ)ままにしょっちゅう変えた。ただし、言うまでもなく、沼の水という共通項がある。四人目の被害者が発見されると、死体を汚れた沼の水に浸け、隠そうともせずに捨てるという好みに基づいて、マスコミが名前を授けた。バイユー・ブッチャーと呼びはじめたのだ。最初は気にしなかったが、そのうちうんざりしてきた。やがてこの決まりきったやり口にも飽きた。それに、予測が可能になれば、逮捕される危険も増す。だから新しい料理を出すつもりだ。

物思いから覚め、椅子を回転させてコーリーを見あげる。

「そうなのか？」と訊く。

コーリーは含み笑いをして手を伸ばし、ケイティとマットがいつから行方不明かを説明している記事の一部を手ぶりで示す。

「そうとも。このばかなふたりは行方不明になってから一週間近く経つ。もう死んでるよ。沼の泥まみれになってる。それが現実さ」

コーリーのあけすけな物言いに、ジェレミーは思わず笑みを浮かべる。自分が客に向けている感情に負けないくらいの、軽蔑のこもった台詞をコーリーの口から聞くのは新鮮だ。

「そうかもしれないな。少なくとも、このふたりが発見されたら、蠟燭やら祈りやらは出番がなくなる。テレビカメラの注目を集めたくて必死のこの目立ちたがり屋どもには嫌気が差すよ」コーリーがどこまで冷淡かを試すために、言ってみる。

コーリーは大声で笑い、少し前のめりになってうなずく。「まったくだ！」と叫ぶ。「賭けてもいい。週末にはこのふたりは虫の餌になってる」

ほぼ正解だ。ジェレミーは少し落胆する。

「それはそうと、視線が気になるから、そろそろ給料ぶんの仕事をはじめたほうがよさそうだ」コーリーは目をくるりとまわして言う。上司がこのブースの王国に対して持っているわずかな権力を振りかざし、こちらを見ている。コーリーがブースの仕切りをこぶしで軽く叩いて付け加える。「忘れるところだった。土曜の夜、〈タップ〉のマイクが解放されるから、歌うつもりなんだよ。暇だったら来てくれ。客を掻き集めなきゃならなくて」

ジェレミーはうなずく。「わかった。行けたら行くよ。がんばってくれ」

それを聞くと、コーリーは自分のブースへ急ぎ、ジェレミーは仕事にとりかかる。

6

レンは不満を募らせる。死体安置所の身元不明の死体は際限のない苛立ちの種だ。その理由はもっぱら、はじめたことを終わらせ、やるべきことのリストから項目を減らしたいというレン自身の神経症じみた欲求にある。終わっていない仕事があるのは好きではないし、保冷庫の戸をあけるたびにそのことを突きつけられるのはなおさら好きではない。さらに、管理上の苛立ちに加えて、ここのジェーン・ドウたちは深い悲しみももたらす。夜、目を閉じると、その姿が目に浮かぶ。名前をつけてくれ、自分たちの物語の幕を閉じてくれと頼む声が聞こえる。だれかの最愛の人が引きとり手もなく、冷たい遺体袋にはいったまま横たわっていることを知っているがゆえの恐怖を振り払えない。ジェーン・ドウたちの孤独が頭から離れない。忘れ去られることほどつらいことはない。ジェーン・ドウたちをそんな状態のままにはしておかないことを、レンはおのれの使命としている。

ルルーが手袋をはめた手でジェーン・ドウの右腕のピンク色の死斑を撫で、レンを見あげる。

「つまり、犯人は死亡推定時刻を狂わせようとしているわけだ」質問しているというより、明言している。

レンは女から視線をそらさない。

「狂わせようとして……成功している」と答え、上の空でかぶりを振ってから、解剖用メスホルダーに替え刃を差しこむ。

「ずいぶんと変わったことをやるものだよな。そこらのまぬけの中に、きみたちが死亡時刻を推定できると知っている者がどれだけいる?」

レンは答えず、メスを振るって臓器の剖出をはじめる。腹立たしげにかぶりを振りながら。ルルーは忍び笑いをして後ろにさがり、マスクの位置を直す。

「こんなことをした目的はただひとつだな。郡の監察医を困らせたいのさ」ルルーは冗談を言い、首を横に傾ける。「きみはこの犯人を買いかぶっている。おれの経験だと、連中は狼の皮をかぶったまぬけだ」

レンはメスを止め、苛々とルルーを見る。

「わたしはそんなことが犯人のただひとつの目的だとはひとことも言っていない。自分はハンニバル・レクター(映画《羊たちの沈黙》の登場人物)か何かだと思いこんでいる意気地なしのひねくれ者に、能力を試されるのが気に食わないだけ」

植木ばさみに似た器具を出し、肋骨をいちばん下から鎖骨まで一本ずつ切断していく。

苛立っているときはいつも、肋骨を切断する力と音がちょうどよいカタルシスになる。硬い鎖骨は切断するのにもっと力が要るが、このときばかりはその作業を歓迎する。

「それなら、いまから言う情報はさぞかし聞きたくないだろうな」ルルーは脇にどき、レンが左側の胸郭にとりかかれるようにする。

レンは手を休めずにうなる。

「さっさと言って」骨が切断される鋭い音の合間に、ささやき声で言う。

ルルーの携帯電話が鳴ったが、当人は応答せずに着信音を消し、台に寄りかかる。「この街に連続殺人犯がいるのはまちがいない」

「嘘でしょう?!」レンはわざとらしく疑わしげに言う。

ルルーは黙ったままだが、返事代わりに厳しい視線を送る。

「そんなことはわかりきってるわよ、ジョン。わたしはいつ刑事のバッジをもらえるのかしら」レンは応じ、目をくるりとまわして薄く笑う。

ルルーは憤慨して目を閉じる。「確かにたいして意外な話ではないな、マラー」台の反対側にまわりこみ、両手を突いて寄りかかる。「この連続殺人犯とおぼしき人物は、つぎの死体遺棄場所のヒントを残している。われわれは新たな現場の手がかりを入手している可能性があるのに、まだそれを解き明かせずにいる」

「詳しく説明してもらえないかしら」レンはルルーに顔を向け、首を横に傾ける。

「そう焦るな、マラー。断言できるわけじゃない。つぎの死体遺棄場所を、犯人が死体に残した添え物によって教えようとしている可能性があるというだけだ。〈トゥエルヴ・マイル・リミット〉の裏で被害者が発見されただろう？　被害者の喉に紙が押しこんであったのは覚えていると思うが」

レンは手を止めてうなずき、話をつづけるよううながす。最近、現場に奇妙な品が残されていた死体が二体発見されている。芝居がかったことを試みようとする犯人の思惑には冷笑を禁じえない。命を奪うだけでは劇的さに欠けるとでも？　大量殺人をびっくり箱のように仕立てあげなければならないほど、犯人は承認に飢えているのか。いつだって鍵となるのは支配だ。この手の怪物は、自分が仕切っているのだとあらゆる人に知らしめることで、全能感を覚える。ただし、こういう名刺代わりの痕跡は自信よりも不安の表れであることをレンは知っている。冗談を言ったのに、そのあと三十分もかけて落ちを説明する人と同じだ。おのずとわかるようにはしない。破れかぶれの、落ち着きのない行動だ。こんな手を使うのは、有名だがこのうえなく浅ましい犯人、つまり自己愛が異常に強くてスタンディングオベーションを求める小悪党だけだ。

一九七〇年代、BTKの通称で知られたデニス・レイダーは、罪もない女性たちを自宅まで尾行し、暴行し、殺害したが、それだけにとどまらなかった。有名になりたくてたまらず、警察に通報して犯行現場を教えた。自分の犯行を知らせるだけでは満足できなくなると、マスコミに手紙や詩を送りつけ、法執行機関を挑発するために、殺人の様子を再現した奇怪な小さいジオラマを街中に置いた。そしてこの注目されたいという渇望によって身を滅ぼした。つぎのスターになりたいと焦るあまり不注意になり、法執行機関に送った手紙で、フロッピーディスクから自分のもとにたどり着けるかと本気で尋ねた。たどり着けないという返事をレイダーは信じた。自分は強大で無敵であり、警察でさえも自分の芸人じみた願望に屈すると思いこんだ。それはまちがっていた。

「ラボがそこに書かれていたものを少なくとも部分的には判読できた。三文小説の第七話だった。ここで抜き打ちテストだ。二件目の死体遺棄現場となったのはどこの沼（スワンプ）だった？」

「セ、セヴン・シスターズ・スワンプ」レンは考えをめぐらしながら言う。「でも、つながりはちょっとあいまいじゃない？　確かに奇妙だけど……」

ルルーは指を立て、レンが考えを最後まで言う前にさえぎる。「セヴン・シスターズ・

スワンプの死体遺棄現場で発見された本は、ひとつの章が破りとられていた。第七話だ。そして一件目の第七話が、二件目の本から破りとられていたことが確認された」

得意げな顔をしてから、かつては命ある人間だったものを身ぶりで示す。

「それだけじゃない。この被害者の着衣にも、紙切れが押しこまれていた。つぎの現場の手がかりが隠されていないか、いま調べている。うちの全員にやらせているが、きみ用にもコピーしておいた。ひとりでも多くの人に見てもらったほうがいいからな」

尻ポケットから紙を出して広げ、レンの前の台に置く。レンは手袋を脱いでコピーを念入りに調べる。

「このユリの花（フルール・ド・リス）の模様……」被害者の死体を乗せたストレッチャーの上に身を乗り出し、紙切れの一部を縁どっている模様を指差す。「これはつやなし、それともつやありだった？」

「少し光沢があった。なんと言ったかな」ルルーは目を閉じてこぶしを握り、やがて指を立てる。「玉虫色だ。少し浮き出し模様にもなっていた」

レンはうなずき、コピーを調べつづける。「ここに別のものが写っているけど、これは何？」

ルルーは少し身を乗り出し、レンはその視線の先に紙を突き出す。

「ああ、それは本にはさまれていた図書館の帯出カードだ。これもひとりでも多くの人に見てもらったほうがいいからな」

「フィリップ・トルドー。この名前にはなんだか聞き覚えがある」レンは考えこみ、帯出カードに最後に記された名前を見つめる。

「残念ながら、この線をたどっても行き詰まった」ルルーはうめいて手を振る。

「そうね、わたしは殺人課の警官じゃないけど、民間人としての直感に従えば、犯罪者が犯行現場に名前や数字を残すというのはあまりに話がうますぎると思う」

「ああ、わかっている。このフィリップ・トルドーという人物には連絡をとった。マサチューセッツ州に住んでいる。ルイジアナには、二十何年か前の中学生のときに住んでいたが、その後は訪れていないそうだ。この本は十日ほど前まで、ラファイエット公立図書館に保管されていた」ルルーは説明する。電話にふたたび目をやり、ため息をつく。「出ないとまずい。引きつづき知恵を絞ってくれ」

急いで死体安置所のドアから出ていく。レンは背後の台にコピーを置き、新しい手袋をはめる。被害者の死体から胸郭の前面をはずし、ドアの上の時計を見る。

「長い夜になりそうね」

7

ジェレミーは午後五時八分に仕事を終え、持ち物を集めてドアへ向かう。

「土曜は来てくれよ!」いくつも並んだブースの向こうからコーリーが叫ぶ。

ジェレミーは返事代わりに手をあげるが、何も言わずに急ぎ足で受付カウンターの前を通り過ぎ、駐車場に出る。深いため息をつくと、間を置かずに体からストレスが消えていくのを感じる。ブース生活は実に野蛮だ。

車に乗りこむと、一日ぶんの太陽の重みがのしかかってくる。エアコンをつけても、すぐには楽にならない。代わりに、四方からよどんだ熱気が押し寄せてくる。少しだけ窓をあけると、息苦しさが和らぐ。ようやく吹き出し口から冷気が勢いよく出てきたので、こらえていた呼吸を整えていると、絞殺されるのはこんな感じなのだろうかとつい考えてしまう——何もできず、吐き気をともなうパニックにしばらく陥ったのち、突然苦痛から解放される。

しかし、ジェレミーは苦痛から解放してやることには興味がない。関心があるのは苦痛を与えることだけだ。苦痛の仕組みは複雑にして単純であり、根本から矛盾している。生理学的には、苦痛は化学反応の完璧なシンフォニーを必要とする。痛覚を感じるためには、それぞれの楽器がちょうど正しいときに演奏されなければならない。刺激が与えられると、末梢神経繊維に電気信号が伝えられ、つづいて大脳皮質の体性感覚野がそれを知覚し、認識する。刺激の伝達路がどこかで妨げられれば、痛覚は弱くなってしまう。これに対し、電気信号を送り出して知覚させるという行為は、穴居人でも習得できる。力をこめて鈍器あるいは鋭器を振るうだけでいい。実にすばらしい。

はじめて苦痛をまのあたりにし、これが苦痛なのだと悟ったときのことは覚えている。七歳のころだったはずだが、いまも住んでいる家のリビングルームで本を読んでいた。ページをめくっているとき、それが聞こえた。家の外で、父親のトラックが舗装されていない私道にはいってくる音がした。ドアをあけ、乱暴に閉める様子からして、父親は興奮しているようだった。文句を言い、毒づき、唾を吐きながら納屋へ歩いていく音が聞こえた。何があったか確かめようと、ジェレミーは飛び起きて外に走り出たが、そこで新たな音が聞こえた。その音は目の前のピックアップトラックの荷台から聞こえ、激しく苦しんでいた。はじめは、トラックの荷台に怪我をした子供がいるにちがいないと思ったくらいだ。

悲鳴はあまりにも人間に近く、あまりにも痛々しかった――ひとしきり泣き叫んだあと、つらそうに低くうめいている。ジェレミーは興味と嫌悪を同じくらい覚え、全身の細胞が期待で震えるのを感じた。夕方の熱気が重い毛布のようにのしかかり、不吉な予感を漂わせ、逃げろと警告している。だがそれでも、見えない糸に引っ張られるように、トラックの荷台で悲鳴をあげている何かに吸い寄せられた。車体を足場にしてよじのぼり、中を見ると、怯えた牝鹿のねじれた体が横たわっていた。脚が明らかに折れ、口の左端から肩まで傷が開いている。脇腹と腹を上下させながらとても苦しそうに呼吸し、それに合わせて肺から空気が漏れている。鼻から血が垂れ、目は恐怖と苦痛で見開かれている。いまでも目を閉じれば、あの目が脳裏に浮かんでくる。ジェレミーは視線をそらせなかった。しばらくのあいだ、そこに立ち尽くし、その美しい生き物と悪夢じみた時間を共有していた。

まるでタイミングを見計らったかのように、音楽が響き渡った。父親が納屋の古びたラジオをつけたらしかった。父親は音楽を聴きながら仕事をするのが好きだ。ナンシー・シナトラの《にくい貴方》をスピーカーががなり立てた。

「ジェレミー、そこからおりろ。おまえのせいで怖がってる。このいまいましい悲鳴を止めなきゃならない」家の脇に建つ納屋から戻ってきた父親が指示した。

肩からハンティングライフルをさげている。ジェレミーの前で悲鳴をあげている牝鹿から離れるよう手ぶりで伝えている。

「父さん、何があったの？」ジェレミーは荷台の中が見える足場から飛びおり、おずおずと尋ねた。

父親は砂色の髪を掻きあげてから、落ち着かない様子で顎を撫でた。聞き慣れたゾリゾリという音がした。

「こいつがいきなりトラックの前に飛び出してきた。体がひどくねじれて、道路に倒れこんでた。悲鳴をあげてるのをほうっておくわけにもいかなかった。銃は持ってなかったから、帰ってきたわけだ」父親は事もなげに答え、トラックの後ろへ歩いてテールゲートをおろした。

ジェレミーにも牝鹿がよく見えるようになった。かつては白かったが、使いこまれて汚らしいベージュ色になっている古い養生布の上に横たわっている。布に血痕が広がっている。牝鹿の舌が突き出されている。ジェレミーがそのさまを見つめていると、父親が手押し車をテールゲートの手前まで転がしてきて、息子を見た。

「おまえが役に立ってくれそうだ、ジェレミー」父親は息子の背中を叩き、ジェレミーはつんのめった。

「どうするの？」ジェレミーは真剣に尋ねた。

「殺すしかないな。いつまでも苦しませるのは残酷だ」

ジェレミーは喉がつかえるのを感じた。

「殺すの？」牝鹿の目から視線をそらさずに訊いた。

「人生とはそういうものなんだよ、ジェレミー。何かをむやみに苦しめてはならない。それに、序列というものもある。頂点に立つ者もいるし、頂点に立つ者に何かを差し出すために生きてる者もいる。この牝鹿が犠牲になれば、うまい肉になってくれる」父親は説明し、布を引っ張った。傷ついた牝鹿は急に動かされて身震いした。「ほら、おろすのを手伝え」

ジェレミーは畏敬の念に打たれた。テールゲートのほうへ布を引く父親をロボットのように手伝った。荷台にあがって、父親が引っ張るのに合わせて牝鹿を押した。鳴き声が大きく、切迫したものへと変わっている。牝鹿は叫び、仲間に助けを求めているが、住み処からは遠く離れている。

牝鹿は手押し車に落ちて胸が悪くなるような音を立てた。何かが折れる小さな音と、いっそう甲高い悲鳴がつづく。父親は急いで牝鹿を家の裏へ運び、ジェレミーは無言でついていった。森の端に着くと、牝鹿を草地におろすのを手伝った。

「おれのそばに来い、ジェレミー」父親は牝鹿から離れて自分の隣に来るようジェレミーを手招きした。

そしてライフルを構え、牝鹿の後ろ脚に自分の足が触れる位置に立ち、銃口を下に向けて頭を狙った。死が隣に立っているのを感じとったかのように、牝鹿がさらに大きな悲鳴をあげた。

「眉間に命中させたいところだな」父親は静かに言った。「傷ついた動物にはすみやかにとどめを刺すべきだ」

そう言うと、あとはなんの警告もなく引き金を引いた。突然の音にジェレミーは跳びあがった。一瞬、何もかもがスローモーションになったように感じ、牝鹿の頭が衝撃でのけ反った。それから静寂が大雨のように包みこんできて、ジェレミーは身震いした。親子でしばらく立ち尽くした。いま振り返れば、あの日は自分の成長にとってきわめて重要だったと思う。苦しみや痛みや死による解放をまのあたりにしたのだから。

自宅の玄関を抜け、はいってすぐのところにある銅の皿に鍵束を投げ入れる。金属がぶつかり合う音がいきなり聞こえて、客たちはたぶん驚いているだろう。その恐怖を思うと、興奮する。キッチンのシンクに直行し、両手を強くこすり洗いして、職場で付着したにちがいない黴菌を洗い落とす。ワイシャツのボタンをはずし、勇んで地下室のドアへ向かう。一瞬だけ足を止め、位置をよく考えて壁に取り付けてあるフックにワイシャツを掛ける。

白いアンダーシャツの皺を伸ばしてから、きしむ地下室のドアをあけ、階段をおりる。

8

レンはカードキーを使って死休安置所のいかめしいドアをあけ、階段をおりて裏の駐車場へ向かう。地味な黒いセダンの運転席に乗りこみ、すぐさまボタンを押してドアを施錠する。捕食者が近くで待ち伏せしているのに、車に漫然とすわっていた人がたどった運命はいやというほど目にしている。

家路につく前に、時間をとって気を落ち着かせる。生温かい微風が声を抑えた会話を車まで運んできたので顔をあげると、裏口から静かに出てきたルルーが髪を掻きあげているのが見える。声をかけそうになったが、ルルーが電話に出ようとしていることに気づく。ルルーは電話の画面をタップすると、顔の前に持ってくる。スピーカーから流れてきた相手の声は慌てているように聞こえる。

「ベンです。例の本からは何も出てきませんでした」

ルルーは大きなため息をつき、自分の車の運転席に乗りこむと、バニティミラーのあたりから煙草を一本抜きとる。

「参ったな。何ひとつ出てこなかったのか？」

「残念ながら」回線の向こうのベンは心から失望している様子だ。「今度こそ何か残っているかもしれないと思っていたんですが」

ルルーは少しのあいだ、唇の前に煙草を持ってきたままにする。

「このろくでなしは手袋をはめて図書館に行ったのか？　どうやったら鑑識が調べても何も見つからないほど、犯行現場をきれいにできる？」不満をぶちまけ、煙草に火をつけて、すばやく、深く吸いこむ。「まずはマラーがこの男に出し抜かれて、つぎはおまえもか？　おれの専門家たちはどうしてしまったんだ？」

これを聞いたレンは不機嫌になるが、ルルーの吐き出した紫煙があけっ放しの窓からゆっくりと出ていくのを見守る。ルルーはこの仕事に就いて長く、テレビドラマのようにきれいに片づく事件などないことを知っている。それでも、どこかに糸口が見つかるのに慣れている。

史上に類を見ないほど細心で、きわめて狡猾な連続殺人犯だったイスラエル・キーズでさえ、最後にはへまをやった。キーズの行動はどれも慎重に考慮されていた。犯行の際は飛行機や車や鉄道を使ってつねに遠出し、無作為に選んだ被害者を拉致して殺害した。殺人道具をアメリカ中に隠し、現地で使えるようにしていた。それまでは被害者たちと自分が結びつかないように努めていたにもかかわらず、自分が住んでいる街で犯罪をおこなってしまい、それが逮捕につながった。その夜、強盗にはいるつもりだったアンカレッジの小さなコーヒーショップで、若いバリスタの女を目にしたキーズは、何年もかけて磨きあげた自制心を失った。なんの計画も用心もなく、被害者を拉致し、レイプし、自分の車の中で殺害した。衝動に任せて拉致する場面は防犯カメラに映っていたし、逃亡するつもりで街から出る際に被害者のデビットカードを使う場面も銀行のカメラに映っていた。キーズの完璧だった恐怖政治は、軽はずみな行動によって終焉を迎えた。この犯人も同じ運命をたどることをレンは願う。

ささくれた神経を静めるためにまた毒の煙を吸うルルーの顔にも、そういう内心が表れている。イスラエル・キーズをしのぐほど抜け目のない連続殺人犯がニューオーリンズに現れたのかと考えているのだろう。スピーカーからベンの含み笑いが漏れ、背後からコーヒーメーカーの騒々しい作動音が聞こえる。

「まあ、マラーも出し抜かれたというのがせめてもの救いですよ」

ルルーはため息をつき、うめき声で答える。「振り出しに戻ってしまったようだな。とにかく、お疲れさま」

「そうですね」ベンはすぐに電話を切る。

レンはほとんど怒る気になれない。みな懸命に働いている。ルルーもひどい顔をしている。ルルーが舗装された地面に煙草を弾き飛ばし、駐車場から出ていくとき、その目の下に隈ができているのに気づく。レンもため息をつき、エンジンをかける。スピーカーからラジオの音声が不快なほどの音量で流れ、死体安置所を取り巻くほぼ人けのない通りの静寂を破る。ラジオを消し、電話をブルートゥースでカーオーディオに接続して、自宅までの短い車中で聴くポッドキャストの番組を選ぶ。けれども、まったく気晴らしにはならない。帯出カードに記されていた名前のことをどうしても考えてしまう。ルルーの話だと、フィリップ・トルドーは偽の手がかりだが、聞き覚えがある名前だという思いを振り払えない。

生涯で出会うフィリップ・トルドーがどれだけいる？

自宅の近所まで来ると、考えた。この付きまとう不安の声に耳を傾けるべきだろうか。それとも、ルルーやほかの刑事はしかるべき調査をしたうえでマサチューセッツ州の男を容疑者から除外したのだと信じるべきだろうか。私道に車を入れ、階段をのぼり、古びてがたの来た玄関ポーチに行った。家は見た目にたがわず古いが、個性があるのも、風変わりなところがたくさんあるのも大いに気に入っている。

玄関ドアの脇のフックに鍵束を引っかけ、キッチンに行ってバッグを床に置く。疲れきっていたが、眠気に襲われてはいなかったので、ガスレンジに組みこまれた時計に目をやって、コーヒーを淹れる。たいていの友人は、長い一日のあとはグラスになみなみとついだワインを飲むが、レンはワインが好みではない。日向に置かれていた粉っぽいグレープジュースのような味がするし、飲んでも頭が痛くなるだけだ。淹れたてのコーヒーの温かくかぐわしい香りを嗅ぐと、とたんに心が落ち着く。カウンターに寄りかかり、コーヒーを淹れるときのポタポタ、ゴボゴボという音に耳を傾ける。

フィリップ・トルドー。

胸のうちでその名前を繰り返し、さらに声に出して言う。長く忘れていた記憶が、自然とよみがえってくるのを期待して。夫を起こさないように気をつける。二階でまどろんでいるリチャードは朝早くから働いているので、レンは自分の宵っ張りの性分が夫の休息を妨げないように努めている。

コーヒーのマグカップを両手で持ち、リビングルームのふたり掛けソファへ歩き、くたびれたクッションに腰をおろす。リチャードはこのソファを新品に替えたくてうずうずしているが、レンは手放せずにいる。このソファは自分のことをよく知っている気がして、その間は好きだからだ。新しい家具は決まって長い慣らし期間が必要であるように思え、その間はこちらの望むようには抱きとめてくれない。新しいソファの硬さはどうしても我慢できないし、最近はなおさらだ。

コーヒーを飲んでも、一日に区切りをつけて眠る気になれない。死体安置所の被害者のことをいつまでも考えてしまう。膨らみ、傷ついた体が心をとらえて放さない。犯人は利口だ――死体を冷凍しておけば、死亡時刻の推定を任された者のフラストレーションになることを理解しているほど頭が切れる。それに、今回はさらに賢くなっている。自分の正体を隠すためにいっそうの注意を払っているから、学習し、適応する能力もあるようだ。殺害方法はまるで実験しているかのように一貫していない。好奇心と研究者の綿密さを兼ね備えている。これは危険な組み合わせだ。

「レン！」

「え？　ああ、ただいま、リチャード」聞き慣れた声で物思いから覚め、とっさに答える。

リチャードがあくびをしながらレンの前の安楽椅子に来て、勢いよく腰をおろす。

「おつむがお留守だったな」リチャードは笑みを浮かべ、レンは小さく忍び笑いをする。

「ごめんなさい、起こしたくなくて。ベッドに行く前に、ちょっと緊張をほぐしたかったの」

「心ここにあらずという様子だったぞ。名前を二度も呼んでようやくわれに返ったくらいだ」

「長い夜だったのよ」

レンは背もたれに寄りかかり、コーヒーをひと口飲む。リチャードは前かがみになって両手を組み合わせ、膝に肘を突く。

「そうだろうな、今夜のきみは長期戦を強いられそうな気がしていた」

リチャードはいつも理解してくれる。どうして理解してくれるのだろうと思うときもあるが、レンはけっしてそれを当然のことだとは考えていない。

「今度の事件はとにかくフラストレーションが溜まるのよ。もちろん残忍だし」ため息をつき、唇を噛む。「なんとしてもこの犯人を捜し出したい」

「レン、そういうところだよ。きみが犯人を捜し出す必要はない。それは刑事の仕事だ。きみは自分の得意分野に集中するだけでいい。自分に提示された情報を活用するんだ」

そのとおりだとはわかっている。だが、リチャードはフィリップ・トルドーのことを知らないし、自分が見つけなければならないつながりがあるという感覚が消えないことも知らない。その話はせずに調子を合わせ、ふたり掛けソファから立ちあがる。

「あなたの言うとおりよ、わかっている」

「ベッドに行こう」

レンはうなずき、シンクへ行く。リチャードは重い足どりで階段へ向かっている。レンはマグカップの少し冷めたコーヒーをシンクの排水口に流し、その上の窓に映った自分の姿に目を留める。今夜は陰気な顔をしている。

窓枠に置いたバジルがしおれかけているのに気づく。慌てて蛇口から水をやる。これで数時間もすれば完全に復活しているだろう。

「たっぷり飲んで、おちびさん」

明かりを消し、二階の寝室へ向かいながら、この連続殺人犯も鉢植えに水をやったことがあるのだろうかと思う。

9

車での通学は交通状況によっては何時間もかかりかねない。遅く疲れる道のりになっても、ジェレミーは気にならないときがある。考え事を邪魔する者が近くにいなくて、完全にひとりきりになれる時間だからだ。

きょうはそういう日ではない。

気がはやっていて、脚の皮膚の下を無数の小さな虫が這いまわっているように感じる。その感覚を静めようとして足で床を踏み鳴らしたりしても効果はない。つぎは自分のために何を作りあげたいか、考え出すのに長い時間がかかった。実現が間近となったいま、そのことを考えずにはいられない。自分のゲームがプレイされるさまを思い描かずにはいられない。早くも自分がそこにいるように感じ、絶望のにおいを嗅ぎとっている。ラジオをつけ、鼻梁をつまみ、地元の局に周波数を合わせる。

「被害者は二十代の白人女性で、けさ早くに地元の有名なバーの裏で発見されました。遺体は監察医のもとへ搬送され、本日中にも解剖がおこなわれる予定です」

ジェレミーは鼓動が速まり、顔が紅潮するのを感じとる。この無能な刑事たちに新たな客が引き渡されたことがわかると、いつも独特の快感が体の中を駆けめぐる。刑事たちがみずからの追う犯罪者の仲間入りをせずに済んでいる理由はただひとつ、偽りの倫理観に縛られているからだ。それはもろく、吹きガラスのようにいつ砕け散ってもおかしくない。それから、監察医もいる。死者の語る声が聞けると監察医たちがどれほど頑なに信じていようと、実際にはそんなことはできない。死因を推定することは——場合によっては——できるが、被害者が最期にむなしく貴重な空気を吸ったとき、その心に何が浮かんだかを見抜くことはできない。法医病理学者は心停止後にどうなるかを正確に説明できる。しかし、本物の苦悶がどのようなものかを詳述する論文を発表することはできないし、苦悶を与えることで得られるかぎりない快感を列挙することもできない。骨切鋸(ほねきりのこ)を振るったことはあっても、だれかの首に手を巻きつけたことはない。死と苦痛はどんな検死報告書でもたいして説明できない。それは根本にあるものであって、教室やラボでは教えられない。

連中は何が待ち受けているかをまったく知らない。このいわゆる専門家とやらの一団は、なんらかのパターンを確立して計画的に犯行を重ねる犯人をいまだに追っている。いつもの手口に変化が生じようとしていることを察知できない。連中がとっくに終わった事件の分析に苦労しているあいだに、自分はみずからの最高傑作の指揮者となる。

前方で車が流れはじめ、ジェレミーは妄想を振り払う。

つかまえられるのなら、つかまえてみろ。

10

これが死？

レンは歯を立てられそうなほど濃い闇に押し包まれている。闇の中で、すさまじい熱に焼き尽くされている。心臓が早鐘を打ちはじめ、暗黒が赤みを帯びる。どうにか口をあけると、嗚咽(おえつ)が喉に引っかかる。胸が痛み、助けを求めて叫ぼうとあがくが、声が出ない。

すると、なんの前触れもなく闇が溶け、前に両親がいる。真っ白な部屋に並んで立ち、母が父の腕をつかんでいる。ふたりの顔はゆがみ、打ちひしがれている。レンはふたりをいっぺんに抱き締める。母の懐かしいリンゴのにおいと、父の心安らぐにおいがする。どちらも清潔で温かいにおいだ。レンはしばらくふたりから体を離さず、安堵が場を満たすままにする。

しかし、寒気を覚える。

抱き締め返す腕がない。首を反らし、両親の顔を見あげる。涙に濡れたその目をよく見ると、視線が自分を素通りしている。

「ママ、パパ！」ふたりの頬に手をあて、懇願する。

　ふたりは寄り添っているが、娘とは距離があるままだ。レンはふたたび熱を感じる。熱が寄せては引く大波となり、そこに吐き気が混じっている。もう一度両親に呼びかけようとする。今度は耳をつんざくほどのホワイトノイズに負けまいと声を張りあげる。

「ママ！　ここはどこなの？　お願い、助けて！」泣きつくが、返事はない。

　母の目は泣き疲れて赤くなっている。絶望している様子で、レンの泣き叫ぶ声にも反応しない。そのとき、静止した白い空間に音が響き渡る。聞き覚えがあるが、両親の声ではないし、自分の声でもない。

「おまえは死にかけているんだよ、レン」男の声が事もなげに言う。

　血が凍りつく。両親にしがみついたまま、背後を振り返る気になれず、ふたりの顔を見つめる。煙のようにふたりの姿が薄れていき、何もなくなる。目の前でふたりが消えたせいで、レンは前に倒れて両膝を突く。また嗚咽が漏れ、男がふたたび口を開いたために身震いする。

「脚をどうかしたのか、レン」男は訊く。

　レンは脚の付け根を見おろし、膝を突いた姿勢から立ちあがる。足を地面に着けると、水中を歩いているように感じる。重心が変わり、よろめく。男は笑いだしている。低い辛辣な嘲笑が唇から漏れ、レンがよろけてまた膝を突くと、甲高く笑いはじめる。

「脚が」レンはつぶやく。

古木の枯れ枝のようで、感覚がない。ようやく振り返って男を見ると、男は距離を詰めてくる。無菌状態と言っていいほどに清潔で、汚れひとつない白いTシャツとジーンズを着ている。顔はぼやけている。男が歩いてくると、レンは肺から空気が押し出されるのを感じる。熱した火掻き棒を喉に突っこまれたようで、激しく咳きこみ、あえぐ。

「シーッ」男はやさしくささやき、レンのかたわらにしゃがみこんで人差し指を自分の唇にあてる。

顔が見分けられないのに、男が微笑んでいるのがレンにはわかる。本能的に腕の力で男から遠ざかろうとする。重い脚を引きずり、なめらかな床に手のひらをあてて、必死に距離を空けようとする。

「逃げろ」背後から男が静かに言う。

レンは泣きじゃくろうとするが、口から声が出ず、息すらもできない。部屋がゆがみ、揺れ、熱が押し寄せてくる。

「逃げろ！」男はもっと大きな声で言い、レンがあからさまに身震いすると笑う。

レンはかぶりを振り、片手の力で男から離れようとする。何もかもがかすんでいて、白い部屋が目の前で分厚い幕へと変わる。暗黒がカメラのレンズのように視界を狭めていき、レンは最後に恐ろしい音を聞く。

「逃げろ！」男が叫ぶ。

ベッドで飛び起きると、光が部屋に注ぎこんでいる。耳障りな音を立てながら荒い息をついていて、汗みずくになっている。一瞬、自分が目覚めて恐ろしい悪夢から解放されたのかがわからなくなる。目を細くして室内を見まわし、無理やり心を現実になじませようとする。動悸を感じ、時間をかけて息を整える。

「ああもう。いままで見た中で最悪の夢だった」空っぽの寝室にことばを絞り出し、脚を振ってベッドの横から垂らす。

いつの間にかアラームを止めていたようで、自分の側の窓から日光が降り注いでいる。少し剝げたペンキにブラインドが引っかかって斜めになっている。別にたいしたことではないはずなのに、心のどこかで感じている疑心暗鬼の念を抑えることができない。ジェーン・ドウたちは家まで追いかけてくる。犯人たちまでもが追いかけてくるのではないかとレンはつねに怯えている。かぶりを振り、頭に付きまとうそうした考えを締め出そうとする。まだ時刻は早い。ブラインドを引いて正しい位置に戻し、シャワーを浴びにいく。

シャワーが温まるあいだに歯を磨いていると、また思考がさまよいはじめる。日課をひとつひとつこなすあいだ、つぎの休みのことを考える。街の方々で発見された、同一犯の犯行を疑わせる死体のことは忘れて、いくらかでも休めればほんとうにありがたい。まる二十四時間、胸腔をのぞきこまずに済むというのは、いまの時点では幻想に近い。どこかで夫とただすわってくつろげればいいのにと思う。今月、リチャードは〝きみはぼくの妻にそっくりだな〟というお得意の冗談をしょっちゅう言うので、またそれにおかしさを感じるようになっている。目をしばたたいて現実に戻り、蛇口を締めてシャワーを終える。温浴療法は終了だ。そろそろ現実に備えて服を着なければならない。

身分証のカードをセンサーにかざし、重々しい鋼鉄のドアを押しあける。とたんにかすかに異臭を含んだ空気の壁が押し寄せてくるが、自分のオフィスへ向かう。机の上に鍵束をほうり、〝新規事件〟の箱に新しいファイルが積み重なっているのに目を留める。ため息をついてかぶりを振る。いつもなら、担当する事件が多くても動じない。しかし、このあたりでまた死体が発見されたことが報じられ、マスコミが地域社会にパニックを引き起こしかけているとなれば、早くも重圧を感じてしまう。新しい事件がいくつも発生したというのは、最悪のシナリオの一歩手前だ。

「ふたりとも、大急ぎでここに来てくれる?」レンは大声で呼び、椅子に腰をおろす。問を置かず、信頼できる病理検査助手がオフィスに走りこんでくる。ひとりはまだ靴紐を結びかけで、危うく転んで解剖図表集が詰まった書棚に頭から突っこみそうになる。寸前で踏みとどまったが、レンはその頬が真っ赤に染まるのを見てとる。この助手はいつもやたらと緊張している。

「おはようございます、ドクター・マラー。ご用件は?」

「おはよう。けさはわたしのために、いくつかの事件の検死の予備作業をひととおりやってもらいたいの」レンは指示し、未決書類入れにあった最初の二冊の事件ファイルを開く。「薬物の過剰摂取が疑われる事件のようね——〈タップ・アウト〉の裏で二十三歳の女性が発見された。被害者からできるだけ多くのサンプルを採取して。廊下の戸棚の左側に、抗凝固剤入りの新品の採血管がいくつかあるから」

若い助手はファイルを受けとってうなずく。「わかりました。臓器ブロックをすべて剖出しておきますか?」早くもドアへ向かって歩いている。

「ええ、準備して剖出して。お願いね。体表に外傷は認められないけど、もしひとつでも見つけたら呼んで」

レンは二冊目のファイルを開き、ドアのところにいるもうひとりの病理検査助手に顔を向ける。

「あなたが担当するのは五十六歳の男性よ。単純な自殺のようね。自宅で発見され、口蓋に銃創があった。遺書はなかったけど、何があったかは見当がつくわよね。左利きだったから、左手の射撃残渣検査を必ずおこなって」

緊急性の低い事件を任せてしまうと、椅子から立ちあがって解剖室へ向かう。

「きょうこそつかまえてやる」声に出して宣言する。

ラボでは時間が飛ぶように過ぎ、レンは死体遺棄現場を再見分するルルーに同行するよう頼まれる。いま、ルルーが縁石に沿って歩くのを見守っている。ふたりとも、この一角を取り巻く強烈な負のエネルギーを感じとり、バーの脇の路地で決定的な証拠を見つけようと決意している。レンは犯罪学でふたつ目の学士号を取得しているので、この手の事件では解剖室の中でも外でも役に立つ。

この一角の人通りはどれくらいあるのだろうとレンは考える。犯人が目撃されずに済んだとは考えにくい。ひと晩で何百もの人が使う路地だ。バーの裏の通りへの近道になっていると同時に、表通りの喧噪から離れてひそかに麻薬取引ができる場所にもなっている。とはいえ、腹に半ガロンのバーボンを流しこんだ千鳥足の酒飲みが、まわりにたいして目を配るはずがない。ベッドをめざして路地をどうにか通り抜けているときはなおさらだ。犯人は落ち着いてやれば簡単に死体を遺棄できると見こみ、そのとおりにしたのかもしれない。レンは暴力を振るう心理を理解したいと思っている。だが、見ればわかるが、ルルーはこれ以上理解したいとは必ずしも思っていない。ルルーが求めているのは名前だけだ。

被害者が横たわっていた地面には、ポットからこぼしたコーヒーのあとのような染みが残っている。その下の大地が答を浮かびあがらせようとしているかのようだ。レンが死体遺棄現場でこれほど途方に暮れると同時に、これほど引きつけられることは珍しい。

「犯人はホテルの美術品のような人間を選んでいる」ルルーが顔をあげずに言う。

レンは片方の眉を吊りあげ、どういう意味か訊こうとする。だがその前に、ルルーがつづける。

「記憶に残らないが、見えないわけではない。悪くはないが、見とれたり印象に残ったりするほどではない」と説明する。

そのとおりだ。被害者たちはとりたてて有名な人物ではなかった。地域社会の高名な一員ではなかったが、社会の底辺に完全に追いやられていたわけでもなかった。過去の連続殺人犯は流れ者や売春婦の命を奪うことが多かったが、この犯人はちがう。そういう人たちを狙えば、必ずと言っていいほど社会正義に基づく反発を招くことを知っている。同じ理由で、注目を浴びる人間を選べば、沼の水の最初の一滴がしたたり落ちたときからスポットライトを向けられる。だから賢しくも王子でも乞食でもない人たちを選んでいる。

レンは髪を頭のてっぺんでまとめ、ヘアゴムをきつくねじって、はねた髪を撫でつける。

「森で倒れかけている木と同じだ。いざ倒れたら、本気で気にかける人もいるが、大半の人はただで手にはいる薪を集めたがるばかりで忘れてしまう」ルルーは顔をあげ、レンを見る。一拍置いてから、縁石をまたぐように少し行ったり来たりする。しゃがんで地面の染みに目を凝らしてから、また立ちあがる。

「となると、犯人はかなり頭が切れる。予謀の犯意のレベルがちがう」レンは答える。

ルルーはうなずく。「そのとおりだ。そしてそれはますます悪辣になると思う」

レンは無言で同意する。犯人のこれまでの行動が成り行き任せでないことはふたりともわかっている。目の前の現場は入念な調査と計画と複雑な抽象的思考の産物だ。

なんの成果もなく、死体遺棄現場の重苦しい雰囲気に包まれて立ち去ろうとしたとき、何かがルルーの目を引く。歩道と車道を区切る縁石の深いひびにはさまっている。ルルーはしゃがんで尻ポケットからハンカチを取り出す。ハンカチを手袋代わりにして、コンクリートの隙間から真っ白な名刺を慎重に抜きとる。それを目の前に持っていったルルーの顔が青ざめるのをレンは見てとる。監察医務院の受付カウンターに置いてある名刺だ。公式の紋章の下にはレンのフルネームと肩書きが記されている。いちばん下には、職場の連絡先がある。

レンは進み出て、手袋をはめた手を伸ばし、名刺を受けとろうとする。ルルーに渡されたとき、顔に困惑の表情が広がる。浮き出し印刷された右隅の〝監察医務院〟の紋章を指で撫でる。この名刺のデザインは古いものだが――六カ月前、レン自身が苦心してデザインし直した――自分の名刺であることはまちがいない。名刺はきれいだ。あまりにきれいだから、最近ここに残された可能性が高い。しかも意図して。だれの仕業にせよ、被害者の死体が運び去られ、現場保存用のバリケードテープが取り払われたあとに、ここに置いている。警官たちが現場に到着した当初はなかった。あったら気づいただろう。何者かがメッセージを伝えるためにやったということだ。

レンは首を横に振る。「いやな予感がする、ジョン。本気でそう思う。こんなものを見せられたら、逃げ出して隠れたくなる」

「大丈夫だ、マラー。まだ姿をくらまさなくてもいい。きみの名前が記されているから、警護の人員を手配するが、正直なところ、捜査の流れは知っているぞと示すのはいい思いつきだと犯人が考えているだけだろう」ルルーはレンを安心させ、ポケットから証拠品袋を出す。名刺をレンの指先から抜きとる。「犯人が人を怖がらせるのが好きなことはまちがいないな。特に女を」

「ああ、ジョン。わたしが疑心暗鬼に陥らないで済むように、早くこの犯人をつかまえて。お願いだから」

ルルーはズボンの皺を伸ばしてレンの二の腕を握る。

「必ずつかまえる」自信を持って言う。

「そのことばを信じる気になっているから」

「光栄だな」ルルーはウィンクしてからレンの脇を抜け、停めてあった車へ向かう。「これを持ち帰って証拠品に加え、こんなところからはおさらばしよう」

レンはうなずき、目を固くつぶって深く息を吸うと、ゆっくりと息を吐いてから、ルルーのほうに体を向ける。「ぴったり後ろについていくから」

11

混み合った講堂にすわったジェレミーはその女を見つめる。エミリーは生物学の講義を真剣に聞き、文句のつけようがないほど詳しくメモをとっている。ノートの上で動く手は一度も止まることがなく、ほぼいつも手首に巻いているブレスレットがかすかに音を立てている。鉛筆を動かすたびに、本物の心臓をかたどった小さな銀のチャームが揺れている。この音が聞こえているのは自分だけだろう。ときどき、何かの説に納得すると、エミリーはうなずいて鉛筆を少し前に傾ける。観察するジェレミーは、また期待で胸が膨らむのを感じる。もうじき自分の身に何が起こるか、まったく気づいていないエミリーを見ていると、じれったくてたまらない。

三時間の講義が終わり、午後七時三十分になったが、ジェレミーは自分のペンがノートに一度も触れていなかったことに気づく。考えにふけっていたから、三時間が数分にも感じられた。エミリーから目をそらさずに、ゆっくりと立ちあがる。エミリーは持ち物を集め、座席のあいだを抜けて通路へ向かっている。ジェレミーは両手を脇に垂らして指の関節をひとつずつ鳴らし、エミリーの前に進み出て、愛想笑いを顔に貼りつける。エミリーは行く手にいるジェレミーにすぐには気づかなかったが、ジェレミーは静かにその名前を呼ぶ。

「ミス・エミリー・マローニー」すれちがいざまに、耳もとに口を寄せてささやく。

エミリーは驚き、胸に手をあてて顔をほころばせ、照れ笑いする。

「カル!」と言う。「心臓が止まるかと思った。三時間もこむずかしい話を聞かされて、ぼうっとしていたみたい」

学期ひとつが過ぎたのに、学校で使っている偽名を呼ばれても、いまだに反応するまでに間が空いてしまう。ジェレミーは偽造した文書を使い、〝カル〟の名で登録している。疲れきった事務員は信じられないほど注意散漫になる。大学にいるあいだはカルとしてふるまっているのに、この名前にまだ完全には慣れていない。並んで歩きながら講堂の出口へ向かう。エミリーは長時間の講義が講義後の学生の理解におよぼす影響についてしゃべっている。ジェレミーはろくに聞いていない。頭が高速で回転し、つぎの数分間の行動をもう一度熟考している。失敗は許されない。ごくわずかなつまずきでさえも命取りになる。角を曲がり、生物学部のビルから見えないところに行く。右のポケットの中で注意深く手を動かし、クロロフォルムがはいった樹脂製の小さなバイアル瓶に布切れを巻きつける。

「今度の試験は電卓が使えると思う？」エミリーは何も疑わずに電話でEメールをスクロールしながら訊く。

ジェレミーは肩をすくめ、親指の指輪の一部をわざと外側に曲げて作っておいた棘で、ポケットの樹脂製のバイアル瓶に小さな穴を慎重にあける。巻きつけた布にぬるい液体が染みこむのを感じながら、駐車場にはいる。

「そろばんぐらいしか認めてくれなさそう。現実世界では最新のテクノロジーが使われているんだから、それに備えさせればいいのに、そういう事実を無視しているのよね」エミリーはつづけ、ジェレミーは咳払いする。エミリーは笑いながら鍵束を出し、自分の車のドアに近づく。「とにかく、この週末に実習日誌を見直したかったら、連絡して」

ジェレミーは微笑んでうなずく。「わかった、必ず連絡するよ」

本が一冊、ジェレミーのメッセンジャーバッグからこぼれ、コンクリートに落ちて音を立てる。少しのあいだ、エミリーの視線がそれに注がれる。ジェレミーは本を拾いあげ、バッグの開いたポケットに押しこむ。

「なんの本？　何も考えずに読めるおもしろい本を探しているのよ。今後十年間は、ようやく医者になれてもそんな本を読んでいる暇なんてなさそうだから」エミリーは大きな笑みを浮かべ、ジェレミーはぎこちなく笑う。少し調子を狂わされている。立て直さなければならない。

「ああ、ホラー小説のアンソロジーだよ。心安らぐ現実逃避手段とは言えないね」取り繕い、無意識のうちに髪を掻きあげかけるが、すぐに自分を抑える。「勉強デートはぜひ計画しよう。メールする。運転には気をつけて」

「もちろん。またね、カル」

エミリーが背を向けて車のドアをあけようとした瞬間、ジェレミーはその鳶色のポニーテールを左手でつかみ、太腿の上部に膝蹴りを入れて、バランスを失わせる。自分の身に何が起こっているかをエミリーがまだ理解できないうちに、その頭を後ろに反らし、毒物を染みこませた布切れで口と鼻を覆う。エミリーは鍵束を捨て、ジェレミーの手をむなしく引っ掻き、窮地を脱しようとあがく。そこからパニックがはじまる。

見開かれた目をのぞきこみながら、ジェレミーはエミリーが完全に無抵抗になるまで辛抱強く待つ。ようやくそれがかない、体から力が抜けたので、車のトランクに押しこむ。ひと息入れ、考えをまとめたうえでつぎの作業にとりかかる。アドレナリンが引くと、右手に手袋をはめ、左のポケットからケタミンのバイアル瓶を出して小さな注射器に薬液を吸いあげる。エミリーの腕を手探りして適当な静脈を見つけ、クロロフォルムが切れたあとも確実に意識の混濁がつづく量を注射する。地面を一瞥し、バンパーの下で光っている何かに目を留める。揉み合ううちにエミリーのブレスレットがコンクリートに落ちたようだ。かがんで拾いあげ、はじめて間近で眺める。心臓の片側に彫りこまれた優美なEの字をはじめて見てとる。ポケットにブレスレットをしまう。

念には念を入れ、結束バンドでエミリーの手首を後ろ手に縛ってから、鍵束を拾い、家に帰るために運転席に乗りこむ。長々とため息をつき、ウェットティッシュで両手を拭くと、バックミラーを見ながら、自分で染めた茶色い髪の垂れたひと房を直す。かりそめの色が額に浮いた汗の玉と混ざりはじめている。カルの薄い顎ひげをすばやく剝がし、顎を撫でて満足げに笑う。

「よくやったぞ、カル」とひとりごとを言う。

12

「やっぱり今夜は家にいたほうがいいかも」髪の長い房をカールさせながら、レンは本音を言う。

ひと房が思いどおりにならず、そこだけがしぼんだ風船のようにだらりと垂れてしまう。レンはバスルームに立ち、あけると薬棚になっている鏡を見つめている。シャワーを浴びたばかりで、一年近く前に買った〝お出かけ用〟の黒いレースのブラウスを着ている。すっかり出不精になっているから、リップクリーム以上の化粧をしていることだけでも、この機会が特別なものであることをうかがわせる。

左手の寝室からリチャードが出てくる。ワイシャツにスラックスといういつものいでたちから、灰色のスウェットパンツと着古したTシャツに着替えている。リチャードは砂色の髪を撫で、かぶりを振る。

「それはだめだ」と言う。「レン、きみはひと晩ぐらい羽を伸ばして仕事のことは忘れるべきだ。くつろいでも罰はあたらないさ」

「それはわかっているけど、どうせ仕事のことを訊かれるはず。だれだってこの仕事のどぎつい話を聞きたがるし、マティーニを何杯か引っかけていたらなおさらよ」レンは答え、髪の別のところをカールさせ、すでに手を加えたところをふわりとさせる。「わたしの友達はなおさら聞きたがる」

「そんなことを言っても、もう着替えてめかしこんでいるじゃないか。むだにするのはもったいないよ」

「これなら今夜は家でだらだらしていても見栄えがする。ロマンスは死んだなんてだれが言ったの？　今後はこういう恰好で家でゆっくりするつもりなのかもしれないわよ」レンは笑みを浮かべ、肩をすくめる。

「そうだな、ぼくも妻には毎晩化粧をばっちり決めて夫を喜ばせるべきだとつねづね言っているんだ」

「やっぱりね」

リチャードは前かがみになり、自分の顔とレンの顔が鏡に並んで映るようにする。

「リンジーの誕生日をすっぽかすわけにはいかないぞ」

レンは返事代わりに目をくるりとまわす。「はいはい、おっしゃるとおり」髪の最後のひと房のセットを終え、頭を振ってなじませる。

〈ブレナンズ〉に急ぎ足で歩み入る。すでに遅刻している。緑を基調としたダイニングエリアに目を走らせ、美しく盛りつけたルイジアナのシーフードを笑いながら楽しんでいるおおぜいの客の中に友人たちを見つける。座席が半円状になったボックス席にリンジーとデビーとジェナがすわり、その向かいの珊瑚色のカバーを張った椅子にマリッサがすわっている。友人たちはレンに気づくと、手をちぎれんばかりに振る。リンジーが弾みで飲み物をデビーにこぼし、レンは早くもこの騒ぎっぷりに心を和ませる。

「遅れてごめんね、みんな！　言いわけをでっちあげようかとも思ったけど、どうせみんなはわたしのことをよく知ってるし」

レンはマリッサの隣の席に体を滑りこませ、友人たちはいっせいに笑う。リンジーが櫛形に切ったライムを飾ったバカルディ・コークをレンのほうに笑顔で押しやり、持つように身ぶりで伝える。レンの好みの酒だが、監察医はいつだって呼ばれれば駆けつけなければならないから、今夜楽しめるのはこの一杯だけだ。

「もちろん知ってるし、いまさらどうこうしろとは言わないわよ。来てくれてほんとうにうれしい！」

レンはリンジーとグラスを合わせて微笑み、前に並べられた前菜に目を引かれる。

デビーがレンの正面の皿に美しく並べられた牡蠣を指差す。「まずはこれを食べてみて。感動して死にそうになるわよ。ほんとうにおいしいから」

「それなら自分の死因が推定できて、キャリアアップできるわね」

テーブルがほろ酔い加減の爆笑に包まれ、レンも顔をほころばせる。

「いつも自分磨きに励んでいるのよ。それで、この牡蠣のどこがそれほど危険なの?」

「オイスター・ジェムよ」デビーがフランス訛りを強調して言う。

「コーンブレッドのパン粉がまぶしてある」ジェナが付け加え、ひとつを平らげる。

「なるほど」

レンはそれ以上考えることなく牡蠣を食べ、友人たちのことばが大げさではなかったことを知る。チェリートマトのソースとコーンブレッドのパン粉に包まれた牡蠣は、リチャードを置いてくるだけの価値はある逸品だ。

「すごくおいしい。さっきの褒めことばでも控えめなくらい」まくし立て、酒をひと口飲む。

女たちは近況を報告し合い、仕事や子供や出世した知人や噂を話題にする。心地よい時間が流れていく。皿やグラスが空になると、リンジーが授業中の生徒よろしく挙手する。

マリッサがおどけてリンジーを指差し、テーブルはまた爆笑に包まれる。

「何かしら、リンジー」マリッサは笑いながら呼びかける。

「占い師の店に行きたい！　お願い」リンジーは両手を合わせて懇願する。

「もちろんいいわよ」デビーがうなずき、テーブルの真ん中の伝票ホルダーから自分のクレジットカードを抜きとる。

ジェナも同じようにしてから、グラスに残った白ワインを急いで飲み干す。「行きましょ。わたしも姑の寿命を占ってもらいたいし」

「ジェナったら！　ひどい！」リンジーの声は少し大きい。

ジェナは笑みを浮かべ、肩をすくめる。「半分だけ冗談よ」

レンは笑いながら立ちあがり、クラッチバッグを手に取る。「わたしも行きたい」

「ドクター・マラー、ナンセンスな行為に参加してもいい、というよりぜひ参加したいといま言ったように聞こえたけど、わたしの聞きまちがいかしら？」マリッサがからかい、レンの肩をつかんで自分の胸に手をあてる。

「〈ボトム・オブ・ザ・カップ〉に行くわよ！　ここから何分もかからないから！」デビーが音頭をとり、電話の画面を指でスクロールする。それから電話をほかの女たちのほうに向け、ニューオーリンズでも指折りの老舗で、茶葉占いとサイキックリーディングで名高い店を絶賛するレビューを見せる。

「〈ボトム・オブ・ザ・ザ・カップ〉に！」女たちは唱和する。

〈ボトム・オブ・ザ・カップ〉は歩いてすぐのところにあり、一行は微風に吹かれながらコンティ・ストリートからシャルトル・ストリートに進んで店へ向かう。レンはこの道を何百回も通ったことがあるが、いつも気がつくと街に魅了されている。夜は特にそうだ。光が通りに影を投げかけている。ブードゥー教の女司祭に呼び出された精霊ロアのように、影が自分の道の一部となっている。夜のニューオーリンズは幽霊が出そうなのに、居心地がいい。生い茂ったシダや吊りさげられた植物がバルコニーからリボンのようにはみ出し、フレンチ・クォーターの名物である複雑な鉄細工を見事に引き立てている。〈ボトム・オブ・ザ・カップ〉の前に着き、友人たちが興奮して歓声をあげてようやく、レンはわれに返る。

「こんばんは。全員、ひとり十分間の占いをお願いしたいんだけど」リンジーが一行を身ぶりで示し、女たちは同意の印にうなずく。

カウンターにいた男は微笑し、姿勢を正す。「いらっしゃいませ。今夜は茶葉占いとタロット占いと手相占いのどれになさいますか」

リンジーは振り返って意見を求める。「どうする？」

タロットカードにはほかよりも魔法らしく感じさせる何かがある。懐疑論者を自称してはいるものの、タロット占いがいちばんなじみがある。でたらめばかりだとしても、過程は楽しめる。芸術的技巧や劇的効果に魅せられているだけだとしても。

「全員にタロット占いをお願い！」リンジーが宣言する。

レンが最初に言う。「わたしはタロットにしようかな」

レンは待合室の黒い椅子に腰をおろし、クラッチバッグを前のテーブルに置く。ここのテーブルは黄道十二宮を車輪状に配した印象的なデザインで有名だ。

「待っているあいだにお茶を飲みたい人はいる？」デビーが茶のフレーバーを見あげ、レンはその視線をたどる。壁際に何十種類もの茶のフレーバーが陳列され、さまざまな謎いた菓子も並んでいる。もっと異様な領域に踏みこむのに最適な精神状態にしてくれるというのがその売りだ。

「そうね、お茶はいい案ね。どれにする？」レンは名称と材料に目を走らせ、選択肢とフレーバーの組み合わせの多さに少し気圧（けお）される。

「〝修道士ブレンド〟と〝バッキンガム宮殿園遊会〟のどっちにするか迷ってる」デビーは答え、小さく笑う。

「名前だけで決めるなら、当然〝バッキンガム宮殿園遊会〟よ」レンはメニューからそれを見つけ、決める。「せっかくだから、ジャスミンとヤグルマギクの花びらも加えたいわね」

デビーはうなずき、またカウンターへ行く。戻ってくる前に、年配の美しい女が店の奥から出てくる。髪はしっかりとまとめられ、頬骨はデヴィッド・ボウイにもひけをとらない。その脇から中年の男が現れる。やさしげな目をしていて、ひげはきれいに剃ってあり、頭のてっぺんからブロンドの乱れた巻き毛が垂れている。

「こんばんは。マルティーンといいます。一度におふたりずつ占えます」彫像めいた女が説明する。「おひとりはわたくしが、もうおひとりはこのリーオが担当します」隣の男を身ぶりで示し、だれかを先に案内するために手を差し出す。

リンジーがレンの手をつかみながら勢いよく立ちあがる。

「この人が居眠りする前に占ってもらわないと。殺人事件がらみじゃないのに、こんなに遅くまで出かけてるのは数カ月ぶりなんだから」

「お茶を頼んだのに！」レンは抗議する。

デビーが駆け寄り、持ち帰り用のカップをレンの手に押しつける。「これで文句はないわよね」ウィンクし、レンは唇をとがらせる。

「お気遣いに感謝するわ、みんな」ふざけて言い、あきらめて立ちあがる。

マルティーンはレンの腕に軽く触れて案内する。狭い廊下を進み、右手のドアへと導く。中には黒いテーブルがあり、古風な枝付き燭台に似せた小さな緑色のランプが載っている。奥の壁に大きな金縁の鏡が掛けられ、テーブルの真ん中にひと束のタロットカードが置かれている。

「どうぞ楽になさってください」マルティーンは微笑してレンのために椅子を引き出し、自分はテーブルをはさんだ向かい側に腰をおろす。「終わったらお持ち帰りできるようにこの占いを録音しましょうか？」

「ありがとう、役に立ちそう」

レンは腰をおろして椅子をテーブルのほうへ引き、背景で静かに流れているスパふうのセミ・クラシックに聴き入る。身を乗り出し、束のいちばん上にあるカードの裏に描かれた複雑な模様に感嘆する。マルティーンはひとり穏やかに微笑み、カードにそっと手を伸ばす。

「きれいでしょう？　とても古いものなのです。祖母からわたくしが受け継ぎました。このカードは長い歴史を経ています」

マルティーンは一拍置いてからふたたび顔をあげ、レンの目をのぞきこむ。視線がからみ合い、マルティーンはカードを脇にどける。「カードを見る前に、簡単な手相占いをしてもかまいませんか」

どうしても提案したかった様子だったから、レンは無言でうなずく。手の皺が何かを語るとは信じられないが、好奇心に駆られて拒めない。

マルティーンはレンの手を取ってひっくり返し、手のひらをしげしげと眺めたり、よく見えるように指を使って皺を伸ばしたりする。

「これが見えます? 自然の指輪のようでしょう?」レンの人差し指の付け根にある小さな弓形の線を指でなぞる。目を凝らさないと見えないが、確かにある。

「ええ。言われてみると、指輪にちょっと似ているわね」

「これはソロモンの輪と呼ばれています。そうした指導力があることを示しています。あなたは強く、自立していて、知性に富んでいる。あなたに指導力があることを示しています。あることも示しています。勤勉に働いて成功するせいで、もっと創造的な衝動が抑えこまれてしまうのです」マルティーンは言う。レンは裸にむかれたように感じてしまう。

たかが指の付け根の線で、この女はどうしてそこまでわかるの?

マルティーンは笑みを浮かべ、レンの手のひらを別の方向に傾ける。

「この線」小指の下から人差し指と親指のあいだまで、手のひらの中央を横切っているごくかすかな線を指差してつづける。「この線があるのは珍しいですね。猿線です」

レンにもそれはかろうじて見てとれたが、マルティーンの顔を見つめ、その表情に注目する。マルティーンは眉根を寄せてから、まるで慰めるかのように、自分のもう一方の手をレンの手に重ねて包みこむ。

「この線は、あなたが人生をなかなか抽象的に見られないことを示しています。あなたは黒と白なら見える。でも灰色は見えない。あなたの分析的な性向はきわめて貴重な財産ですが、それがあなたの現在の状況の足枷(あしかせ)になっているとも強く感じます」

レンは自分の口が勝手に開くのを感じとる。

「その状況というのはなんなの?」マルティーンの思いどおりになっている自分が信じられない。

「それをカードが示してくれるかどうか、確かめてみましょう」マルティーンは穏やかに答え、カードの束をレンに渡す。「左手を使って、この束をふたつの山に分けてください。いちばん分けたいと感じたところで、カードを分けてください」

レンは言われたとおりにするが、何も感じなかったので、無造作に分け、表を下にしてテーブルに置く。マルティーンがそれぞれの山からいちばん上のカードを取り、ひっくり返してふたりのあいだのテーブルに置く。

どちらのカードも、マルティーンから見て上下の向きが正しくなっている。〈月〉と

〈女教皇〉だ。マルティーンは二枚のカードの上に両手を軽く置き、レンの顔をのぞきこむ。

「これらのカードはわたくしから見て上下の向きが正しくなっています。もっと重要なのは、あなたから見て上下の向きが逆だということ。この場合、カードの持つ意味がちがってきます」と切り出し、視線をはずしてカードを注視する。「〈月〉は自分の内なる声に耳を傾けるよううながしています。あなたはメッセージを受けとっているのに、拒んでいるのです。手相も考え合わせると、あなたの分析的な性向が答を受け入れにくくしているのでしょう」

これまでのところ、レンはこの占いをどう考えるべきかわからずにいる。

「〈女教皇〉のカード」マルティーンはつづける。「これは興味深いですね。やはり直感を信じるよううながしていますが、あなたの場合は、あなたにまつわる秘密があることも示しています。現在あるいは過去の人生でかかわっただれかが、あなたが完全には理解していない秘密にあなたを巻きこんでいます」

レンはこうしたメッセージや秘密という考えを結びつけようと知恵を絞るが、頭が混乱するばかりだ。マルティーンはふたつの山をひとつにし、もう一度切る。束をレンに差し出し、ようやく目を合わせる。

「この中からカードを一枚引いてください」

穏やかな声だが、その指示には有無を言わさぬ力がある。レンが無言で束の中ほどから一枚引いて渡すと、マルティーンはそれをひっくり返してテーブルに置く。カードが天板に接したとき、マルティーンは片手を口もとに持ってきて、人差し指を下唇にあてる。「〈剣(ソード)の10〉」と告げ、カードに指を置き、そこに描かれた男をレンに見せる。男はうつ伏せに倒れ、十本の長い剣が背中から突き出ている。説明されずとも、不安を誘う不吉なカードだ。

「裏切り」マルティーンはささやいてから顔をあげる。「その男は恐ろしいことをした」

そのことばに、レンは強い衝撃を受ける。「だれが？　だれが恐ろしいことをしたの？」

マルティーンは首を横に振る。「あなたはそれがだれかを知っています。直感に従ってください」助言を与え、〈月〉と〈女教皇〉のカードにふたたび触れる。

レンの喉に息がつかえる。

「どうやって？」わずかに身を乗り出し、静かに訊く。

マルティーンは唾を呑みこみ、ふたたび首を横に振る。「あなたはどうやるかも知っています。すべてはあなたの目の前にそろっています。その男を止めるのです」

視線がからみ合う。レンの頭の中は疑問だらけで、心臓はいつまで経ってもゆるやかな拍動に戻らないように感じる。そのとき、タイミングを見計らったように、店の表側から磁器の割れる音が響き、沈黙を破る。レンはとっさに立ちあがり、勢いあまって椅子を倒しそうになる。

「ありがとう、マルティーン」とつっけんどんに言う。

背を向け、ドアから急ぎ足で廊下に出る。背後を一瞥すると、マルティーンはまだカードに手を置いたまま、テーブルの席にすわっている。

「どうだった？　幽霊でも見たような顔をしてるけど。ということは、すごかったのね？」ジェナがかがんで割れたティーカップの破片を拾いながら訊く。「羽目をはずしすぎちゃった」

レンは霧の中にいるように感じる。黄道十二宮を車輪状に配したテーブルからクラッチバッグを引ったくる。

「とてもよかった。もう行かないと」と早口で言う。

「そんな、仕事で呼び出されたの？」マリッサが立ちあがり、リーオが奥からリンジーを連れてくる。

「やめてよ！　わたしの誕生日にだれか死んだの？」リンジーが不満げに言う。レンは手早くリンジーを抱き締める。

「あいにく、そうなのよ」嘘をつく。「誕生日おめでとう、リンジー。ほんとうに楽しかった。あなたたちとお祝いができてほんとうによかった」

作り笑いを浮かべ、向きを変えて立ち去ろうとする。

「レン！」マルティーンの声が呼びかける。小さな四角い封筒を持っている。「録音です」

レンは深く息を吸い、出ていきながら封筒を受けとる。

「ありがとう、マルティーン」

店を出るとき、一瞬だけ振り返り、マルティーンがうなずくのを見てとる。クラッチバッグを握り締めて自分の車へ向かいながら、頭からその思いを必死に振り払おうとする。いんちきよ。ただのまぐれあたり。たぶん新聞か何かでわたしの記事を目にしたことがあるだけ。

CDをクラッチバッグに押しこみ、運転席に乗りこむ。

家にいればよかった。

気がつくと道を少し行ったところにあるバーの前で車をアイドリングさせていて、ルルーが外に立っているのを偶然見つける。バーの入口へ向かう途中で少しだけ足を止め、煙草を吸っているようだ。涼しい夜の空気に紫煙を吐き出し、毒の雲が微風に吹かれて渦巻き状に立ちのぼっている。紫煙は少しばかり揺らめいてから空気中に四散し、それが消えるのを見ていたレンは一瞬だけ心が落ち着く。ルルーに視線を戻す。ルルーもまた、たとえわずかなあいだでも現実からの逃避を必要としていたのは明らかだ。

「あら、ごめんなさい！」若い女に正面からぶつかられ、ルルーはよろめく。女は笑いながら謝り、恐ろしく高いハイヒールを履いた足でまっすぐ立とうと苦労している。

レンはその場で思わず笑いだしてしまう。車を駐車場に入れ、ルルーのあとから店内にはいる。二年前から警察でルルーのパートナーを務めているウィリアム・ブルサード刑事が、すでにカウンターのスツールに陣どっている。前に置かれたタンブラーの琥珀色の酒が飲みかけであることからして、ずいぶん前からこのカウンター席に腰を据えているようだ。

「こんばんは、ふたりとも」レンは言い、スツールの上に腰を滑りこませてふたりの隣にすわる。

「マラー！　こんなところで会うとは驚いたな。しかもこんな時間に。もうねんねの時間を過ぎているんじゃないのか？」ルルーが人を食ったような笑みを浮かべながら答える。

「おもしろいわね。車で通りかかったら、店の前にあなたがいるのを見かけたのよ。せっかくの偶然の出会いをむだにするのはもったいないと思って」

ウィルは酒瓶が並んだ棚のずっと上にあるテレビから目をそらさない。

「いまだにこんなでたらめで盛りあがるなんて、信じられるか?」と言い、ニュース番組を流しているテレビを顎で示す。

ルルーとレンは目をあげてテレビに向け、ウィルの視線をたどる。ローカルニュースが、若い熱心なリポーターからインタビューを受ける中年の男を大きく取りあげている。男は動揺している様子で、話しながら不安げに両手を握り締めている。

「これはオカルトです。悪魔崇拝者がこの街に潜入しているのです。われわれがイエス・キリストの教えを重んじる生活に戻るまで、罪もない人々がさらに暗黒の犠牲となるでしょう」画面の男はまるで宣教師だ。

男は最後の文句を言いながら手を掲げ、リポーターは説教に合わせてしきりにうなずいている。カメラが別のインタビューに切り替わり、不安に駆られた市民の一群が映し出される。みな奇妙なデザインのTシャツ、野球帽、ジーンズのショートパンツという目立つ恰好をしている。ひどく興奮していて、マイクを持った男の後ろで煽り合っている。

「この街は悪魔の餌食にされようとしている!」男が叫ぶ。「つぎはわれわれの子供の番だ！　まだわからないのか！　悪魔の使徒どもは子供をベッドから引きずり出し、おのれのあるじに捧げる気だ！　警察はこの異常者どもを一斉逮捕し、沼地に投げこむべきだ。なぜオーリンズ郡の善良な人々しか、これが悪魔崇拝者の一団の仕業だとわからないのか？」

何度か口をはさもうとしてたリポーターがようやく尋ねる。「つまり、最近の殺人は法執行機関が発表しているような、別々の事件ではないと考えているのですか？」

群衆は口々に答を叫び、非公式スポークスマンが勢いこんでうなずく。

「警察はわれわれに嘘をついている！　このオカルトがこの街に深く根づいていることを知られたくないのだ。これは悪魔とその信者の仕業だ。わたしのことばを覚えておけ！」

ルルーは声を抑えて笑い、テレビから顔を背ける。バーテンダーが近づいてくると、ウィルの酒を指差す。「これと同じものを頼む」

バーテンダーは笑顔でうなずき、カウンターの下からガラスのタンブラーを出し、シングルモルトスコッチのマッカラン十二年を注ぐ。

「乾杯」ルルーはタンブラーを掲げ、レンは見えないグラスを触れ合わせるふりをする。

ウィルは首を横に振り、自分のタンブラーから酒をひと口飲む。「こういうサタンがらみのパニックはいつの間にか廃れたはずだろう？　八〇年代の再来だよ。怒れるゴスファンが手のこんだ殺人を重ねてるという説がいともたやすく受け入れられてる」

「当然の成り行きだ」ルルーはため息をつく。

ウィルは片方の眉を吊りあげ、ルルーに顔を向ける。「おれたちは合理的思考の崩壊を黙って受け入れようとしてるのか？」

ルルーはわずかに肩をすくめ、酒をひと口飲む。

「まあ、そんなところだな」頭上のテレビを身ぶりで示す。「人々は怯えるあまり、実際には存在しないパターンを探すのさ。自分が被害者とまったく同じように、見た目はごくふつうの異常者にいつ狙われてもおかしくないとは考えられなくて、こんな与太話をでっちあげるんだ」

「あんたがまともなことを言うとはね」ウィルは首を横に振り、椅子の上で体を反らす。「問題は、こういう連中が矛先を変えてることだ。ああいう奇怪な死体遺棄現場を用意した地下室暮らしのひとり者のろくでなしを捜す代わりに、メタリカのTシャツを着てるような人間はすべて取り押さえろとけしかけてる」

「そうだな。そしてこうしたニュース番組が連中のたわごとを吹聴する真新しい演壇になっている」

「やれやれ、もう話す気にもなれないな」ウィルは椅子を回転させる。「犯人が本とともにに残した紙切れから何かわかったか？」

ルルーは首を横に振る。「何も。ベンが調べているが、行き詰まっている」

「自分はまわりのだれよりも賢いと、この犯人が思ってるのは明らかだ。それに、まちがいなくこの展開を歓迎してる」ウィルは皮肉をこめて笑い、ふたたびテレビを身ぶりで示す。

ルルーはうなずき、唇をすぼめる。「確かに、自分はだれよりも賢いと、犯人は思っているだろうな。だが、賭けてもいいが、このサタン騒動には腹を立てているはずだ」

「そうか？　追及がゆるむから大喜びだと思うが。人々はもうテッド・バンディのようなタイプを捜してない。このばかな連中のせいで、チャールズ・マンソンとそのファミリーのようなタイプが不安の対象になってる」

「そこまで犯人の頭が単純だとは思えないな。少なくとも、プロファイリングに基づけば」

「そうか？」ウィルは疑わしげに言う。「この事件ではひねくれ者のあんたの話を信じたほうがよさそうだな」

ルルーは笑い声をあげ、前かがみになってカウンターに肘を突く。「そうだな、自分がとんでもないまちがいをしでかしていないことを祈るよ。おれに言わせるなら、犯人は昔ながらの用意周到な人殺しだ。レン、この犯人の極悪人としての地位をさらに押しあげた最新の情報をウィルに教えてやってくれないか」

ウィルはため息をつき、大げさにうなだれる。「知らないほうがいい気がする」

「この前の死体なんだけど、犯人が冷凍していたの」レンはようやく会話に加わる。

「待て、なんだって？　冷凍してた？　なぜ？」

「死亡時刻の推定がまともにできなくなるのさ。死斑とかの進行が乱れて」ルルーが割りこむ。

「あら、お見事。わたしの仕事を狙っていたりするのかしら」レンはからかう。

ウィルは無言でかぶりを振ってから訊く。「もうひとりの被害者にはそんなことはしてないんだろう？」

「していない。この前の被害者だけよ」レンは請け合う。

ルルーが鏡を見あげ、瞬(まばた)きし、表情を引き締めて目を険しくする。立ちあがり、にぎわう店内を振り返ったその目は異様な光を帯びているが、焦点は合っている。

「何を見てる？」ウィルが椅子を回転させ、首を伸ばす。

ルルーは客の集団を突っ切り、だれかの酒にぶつかりながら押し通る。

「おい、気をつけろ！」その客が後ろから文句を言い、腹立たしげに両手をあげ、ボタンダウンシャツを拭く。

ルルーはそれを無視し、入口のすぐ右の壁まで突き進む。レンは目を細くして店内の端から端に視線を行き来させる。ルルーの注意を引いたのが暗褐色の鏡板に画鋲(がびょう)で留められた真っ白なポスターであるのを見てとる。バーボン・ストリートでもうじき開催されるジャズ・フェスティバルの広告だ——マルディグラの祭り（約二週間にわたり、盛大なパレードなどがおこなわれるカーニバル）の前座であり、かなりの数の観客が集まる。レンが見つめる中、ルルーは手を伸ばしてそれに触れ、縁のフルール・ド・リスの浮き出し模様をなぞる。つやがあり、玉虫色をしている。この前の死体に残されていた紙切れとまったく同じだ。

13

ジェレミーはエミリーが目覚めるのをモニター越しに眺める。目をしばたたいているが、頭痛に襲われているにちがいない。クロロフォルムとケタミンのカクテルによって朦朧としている意識を必死に回復させようとしていて、周囲が漆黒の闇であること、自分がスポンジのような湿った何かの上にすわっていることにすぐ気づく。

なぜ外にいるのかと考えているのだろう。だが、自分が置かれた状況を熟慮する前に、甲高いハウリング音が闇に響き渡り、エミリーははじかれたように立ちあがる。どうにかバランスを保ち、瞬きして音の源を探すが、ジェレミーの声が流れはじめたのでふたたび跳びあがる。

「こんばんは、お客さんたち。全員、しばらく集中して聞いてもらえるとありがたい」

だれの声か、もうわかっただろうか。

「ひとりひとりの近くに懐中電灯があるはずだ。それを使うといい。うっかりここの沼に踏みこんで溺死されても困るからな」

エミリーは周囲の地面を調べ、足もとに広がる苔や根に顔を近づける。ジェレミーの視点から見ると、その様子は滑稽にすら思える。暗視カメラがあらゆるものを緑色の光で包みこんでいて、エミリーは顔を地面に突っこんでいる異星生物に見える。実際には、自分の鼻さえも見えないはずだ。地面を手探りするエミリーは湿った土の感触しか得られずにいたが、やがて足が硬い異物にあたる。懐中電灯だ。

「きみたちはそれぞれ、わたしの土地のどこかにほうり出されている。周囲にはフェンスが張りめぐらしてあり、中のいろいろな場所にスピーカーが取り付けられている」

そろそろわかったにちがいない。

エミリーの顔つきが変わっている。完全に気づいている。スピーカー越しに話しているのは自分の実験パートナーの声だと。ここで目を覚ます前、最後に見た記憶のある人物の声だと。

ジェレミーは満足げに笑い、マイクに向かって話しつづける。「いいか、このゲームは単純だ。きみたちがやるべきことはただひとつ、コースをたどって進むわたしから逃げることだ。実に簡単だな。最も重要なのは生き残ることだよ。逃げられるのなら逃げてみろ。きみたちが自由になるうえでの障害は数エーカーのバイユーと……わたしだけだ」

エミリーが懐中電灯を点灯する。光線が前に伸び、周囲が一面の苔であることをあらわにする。千本ものヌマスギらしき木の低く垂れた枝が、飢えた捕食動物のごとく四方から迫っている。エミリーは孤立しているが、息苦しさを感じるように仕向けた。胸を波打たせ、子供のように泣きじゃくりはじめている。

「心配するな、わたしは公平な男だ。きみたちをかなり先にスタートさせてやった。それから、周囲の警戒を怠るなよ。動けないただの肉塊として最後の数時間を過ごすことになるぞ」

身も凍る恐怖が明らかに神経系に伝達され、エミリーは前によろめく。心が折れてしまうのではないかと一瞬だけジェレミーは思う。しかし、エミリーは深く息を吸い、目を閉じる。顔は冷静と言ってもいい表情に変わっている。見つけた懐中電灯を使い、自分の肌を調べはじめている。

傷跡を探しているな。賢い女だ。

エミリーは何かを見つける――さわると痛みを感じるはずの小さなあざを。薬を注射されたことに気づいたようだ。エミリーが足もとに視線を落とし、履き古したモカシンを見たとき、ジェレミーにもカメラ越しに見えるほど大きな蛇が足のそばを這っていき、エミリーは苛立ち交じりの悲鳴をあげる。樹冠が月光を完全にさえぎり、いつまでも終わらないセミの鳴き声が神経を逆撫でしている。音はほかに類を見ないほど感情を操れる。どこかでフクロウが鳴き、エミリーはびくりとする。ジェレミーはふたたびマイクを口もとに持ってくる。

「さあ、はじめよう。助言を言おうか？　逃げろ」

ジェレミーはわずかにためらうが、エミリーはためらわない。走りだしている。凹凸のある地形やねじれたヌマスギの根につまずきながら、死に物狂いで安全な場所を探している。そのとき、突然新たな音が闇を切り裂き、エミリーは耳をふさぐ。

音楽だ。ジェレミーは音楽をかけはじめる。

14

レンは職員入口から科学捜査ラボに歩み入る。改装したばかりの床にヒールを打ちつけながら、廊下を足早に進み、ルルーと待ち合わせているオフィスへ向かう。角を曲がると、中で電話をかけているルルーが見える。頬がゆるんでいることからして、アンドリューとの私用電話だろう。

「クリームの件はほんとうに悪かった。空の容器をばかみたいに冷蔵庫に入れたままにするなんて、うんざりされても当然だ」ルルーはばつが悪そうに罪を認める。

アンドリューの大きな声が受話口から漏れ、レンにもほぼすべてが聞きとれる。

「ジョン、気にしなくていいよ。最近はこの事件のせいで働き詰めなんだし」

ルルーが仕事でどれだけのものを要求されているか、アンドリューは完全には理解できない。最近はなおさらだろう。アンドリューはニューオーリンズの高級レストランの上級シェフで、似たような非常識な時間に働かされているが、ストレスの種類は比べものにならない。

らない。口やかましい客や無能な下っ端店員のせいで重労働を強いられたり、ひどい評価をつけられたりすることもあるだろうが、人間が別の人間に好んで与える恐怖をまのあたりにすることは、ずっと深く心をえぐる。それでも、アンドリューは共感しようと努力していて、大事なのはそこだ。

「ああ、とにかく異様な事件なんだよ。おかげで父親を失望させているような気分になっている」

「落ちこんでいる暇はないよ。やるべき仕事があるんだから」アンドリューのことばは背中を軽く叩いて励ますのに等しく、レンはルルーの表情が和らぐのを見る。「それに、あのポスターを見つけてからは、いい方向に進んでいるじゃないか」

「まあ、そうだな。きみの言うとおりだ」

「でも、またぼくのコーヒー用のクリームがなくなっていたら、そのときはこんなに同情してやらないぞ」

レンは口を手で覆ったが、こらえきれずに吹き出してしまい、ルルーが驚く。ルルーは目をあげて微笑し、かぶりを振りながらスピーカーホンに切り替える。「アンドリュー、マラーに挨拶してくれ」

「やあ、レン！」スピーカー越しにアンドリューが声を張りあげる。

「どうも、アンドリュー！　わたしがルイジアナでいちばんお気に入りのシェフの調子はどう？」レンは笑みを浮かべ、腰をおろす。

「知ってのとおり、料理の世界に旋風を巻き起こしたり、陰気な恋人をとっちめたりしているよ」

レンがルルーを見ると、目をくるりとまわしている。ルルーは身を乗り出して電話をふたたび自分のほうに向ける。「さあ、一日ぶんのおしゃべりはした。家で会おう、アンドリュー」

「どんなパーティーにも乗りの悪い人はいるものさ。だからきみを招待したんだよ」電話を切られる前に、アンドリューが堅物をからかう有名な替え歌の一節を口にする。

レンはまた笑い、椅子を回転させて自分たちのいるオフィスを眺める。「アンドリューは大好き」

「ああ、いいやつだ。それはともかく、とりかかるとしようか。あのポスターの件だ。まだ驚きが冷めないよ。はっきり言って、運命を感じた。鏡にあれが映っていたんだからな！」ルルーはやる気に満ちていて、目が疲労と興奮でぎらついている。「あれは今週末のジャズ・フェスティバルのポスターだ。模様も、色も、種類も、例の紙切れと完全に一致している」

レンは立ちあがる。「ベンと会うことになっているのよね？」

ふたりがラボ区画にはいると、ベンが実験台のそばのスツールにすわっている。長身の痩せこけた男で、メタルフレームの丸眼鏡を掛け、黒い髪はきれいに剃りあげている。隣にルルーのパートナーであるウィルもいて、両手をポケットに突っこんで辛抱強く待っている。

「それで？」ルルーが歩み寄りながら両手を広げ、意気ごんで訊く。

「まちがいなく同じ紙ですね。どちらも再生紙で、少量の古紙が紙全体に均一に含まれていますし、光沢も同じです」ベンは説明し、被害者の死体に残されていた紙切れと、バーに貼られていたポスターを並べ、要点を強調する。

ルルーとウィルはベンの得意げな笑みに釣られ、同じ表情になる。

お祝い気分の中、レンは口をはさむ。「犯人はすでに新たな被害者を殺害したと思う？それとも今度遺棄する被害者をまだ捜している？」

「確実なところはわからない。これから何が起こるにせよ、止めるのは無理だと思う。今後の展開に備えることしかできない」ルルーが気を引き締めて答える。

レンは宙を見つめ、首を横に振る。「この犯人はほんとうに異常ね」

「バイユー・ブッチャーが戻ってきたんだ」ベンが口を滑らせる。

レンは硬直し、慌てて男たちに顔を向ける。「バイユー・ブッチャー？」

ベンはレンとルルーを見比べ、失言だったことを悟る。「それはその、残酷で凶悪な手口といい、沼の水といい……」

レンは急いで廊下に出ると、冷水機を見つけ、そこへ直行する。小さな紙コップから水を飲むあいだ、思考が雑草のように入り乱れる。すみやかに気を静め、男たちのところに戻る。「ごめんなさい、急に喉が渇いて」

あとで様子を確かめようと心に留めたのか、ルルーがレンを見ながら片方の眉を動かす。それからつづける。「とにかく、これで時間と場所はわかったから、計画を立てるぞ。フェスティバルまで数時間しかない。おれはこれを署に持っていって、お偉がたの意向を確かめる。マラー、いっしょに来るか？」

「ブッチャーのひとことで心は決まったわよ」レンは言い、進み出てあけたままのドアを抜ける。

レンは自分が監察医務院の管理職であることに、にわかに感謝の念を強くする。警察署に歩み入ると、空気が重くなったように感じたからだ。古くなったコーヒーのにおいと挫折感が湿っぽい微風のように漂っている。

警部補はひと目で威圧感を受ける人物だ。大男だし、太い腕や禿げあがった頭や灰色の目にはだれでもひざまずかせる力がある。身長は百九十センチほどあり、権力の座に着くために生まれてきたような男だ。いま、その警部補は朝一番で目の前に突きつけられた書類と報告書に目を通している。先ほど、ルルーとウィルは一秒たりともむだにせずに、新たに見出した証拠のつながりを伝えた。警部補のオフィスに駆けこみ、疲労とアドレナリンで頭がよくまわらないまま、口々にまくし立てた。警部補が肉厚の手を掲げて沈黙を命じ、机の上にほうられたものに目を通せるだけのスペースを求めるまで、それはつづいた。警部補の頭脳が高速で回転し、つぎの一手を思案しているのがルルーにも見てとれる。

「つまり、ここがつぎの死体遺棄場所になると考えているんだな?」警部補は訊き、顔をあげてルルーとウィルの目を見つめる。レンにも一瞬だけ目をやるが、好意を示すように軽くうなずいただけだ。

ルルーはうなずき、身を乗り出して膝に肘を突く。そして答える。「そのとおりです」

「フェスティバルを中止させるべきでしょうか。こんな土壇場で中止できますかね」ウィルが尋ねる。

警部補は首を横に振り、椅子の背もたれに寄りかかりながら答える。「無理だ。厳密には、フェスティバルはもうはじまっている。いまこうして話しているときも、おおぜいの人々がニューオーリンズに集まりつつある。一日がかりの催しだからな」

ルルーがポスターを指差して説明する。「この広告は午後四時にはじまるイベントを特に大きく取りあげています」

「それなら、現場から人々を立ち退かせる時間はありますね。犯人がどれほどのものを計画しているかは見当もつきません。いちばんましなシナリオは死体遺棄だけですが、はるかに悪い展開になるかもしれません」ウィルが不安げに付け加える。

「避難は大混乱をもたらすかもしれない」レンは強調するために指を一本立てて口をはさむ。

「ドクター・マラーの言うとおりだ。そんな動きがあれば、犯人は驚いて逃げ出すだろう。このろくでなしが今夜何かを計画しているのなら、現場から早々に人が消えれば気づく。それに、集団の移動は混乱とパニックを生む。この街はすでに緊張状態にある。幽霊に追い立てられる事態は避けたい」警部補は決断し、顎を撫でながらポスターを指ではさんでこする。立ちあがり、机の反対側にまわる。「チームを作ろう。集められる警官をすべてこれに投入したい。指揮にあたるチームを用意するぞ。サメの歯のように、フェスティバルの会場を何重にも取り囲ませたい。あらゆる人物の動きに目を光らせろ。だれかが文句を言ったら、人々をプルドポーク（煮こんだ豚肉をほぐした料理）に変えている連続殺人犯がいるかもしれないことを思い出させてやれ」

ルルーがレンに顔を向けて指示する。「マラー、きみもチームを集めて同行してくれ」

警部補はうなずき、オフィスから出ていきながら同意する。「ぜひ頼む。電話で集めてくれ。きみたちははじめから現場にいてもらいたい」

「わかりました。すぐに集めます」レンは電話を出し、召集したいメンバーにEメールを送る。

ルルーとウィルのあとから廊下に出て、ふたりが近くにいた数人の警官に指示しているのを聞く。一瞬のうちに、署内の様子が平常どおりから緊迫した状態へと変わったかに思える。

「来い、ルルー。深淵をのぞきこんでいる暇はないぞ」警部補が巨大な手を振り、会議室へはいっていく。

ルルーも会議室に歩み入り、レンはそのすぐ後ろに従う。警官たちがざわめいている。空気にはアドレナリンと緊張感が等分にみなぎっている。警部補の太い声がそれを鉈（なた）のように切り裂く。

「ここだ」警部補は宣言し、会議室の前方に運ばれたキャスター付きの掲示板にジャズ・フェスティバルのポスターを貼りつける。画鋲で留め、警官たちのほうを向く。「セヴン

・シスターズ・スワンプと〈トゥエルヴ・マイル・リミット〉の殺人事件の犯人が、今夜ここに来る可能性が高い。現場に残されたパンのかけらを信じるなら、犯人は罪もない人たちの命をさらに奪うつもりだ。ルルーとブルサード、前に来い」

ルルーとウィルは不安げに顔を見交わすが、上司の指示に従う。新たな情報はすぐさま全員に広がり、室内は騒然としはじめている。ルルーは部屋の前に立たされるのが苦手だ。鎖骨に赤い斑点が浮いているのをレンは早くも見てとる。自分もそうだが、ルルーは孤独に調べ物をしたり、ひとりで聞きこみをしたりするほうが、おおぜいにきわめて重要な情報を伝えるという重圧にさらされるより好きだ。ルルーは咳払いし、掲示板に留められたポスターを大ざっぱに示す。

「この前発見された被害者の死体に残されていた紙切れと完全に一致するものを突き止めた。本日、ダウンタウンで開催されるジャズ・フェスティバルのポスターだ。これまでにわかった犯行現場の発生パターンに基づけば、フェスティバルの会場かその周辺で死体が遺棄される可能性が極めて高い」

若いパトロール警官があからさまに疑わしげな態度で、指を一本立てて椅子の腕に肘を置く。「この犯人が大規模なフェスティバルで死体を遺棄しようと考えますかねえ。これまでのところ、犯人は夜間に遺棄してるんですよ。犯人が急に自信を深めたと信じる根拠でもあるんですか?」腹立たしそうに顔をゆがめて訊く。

ルルーが答える前に、ウィルが割りこむ。

「いいか、犯人が何を計画してるか、正確にわかってるとはだれも言ってない。もしわかってたら、とっくにおれたちがテレビに出演してて、もうだれも死ななくて済むだろうな」冗談交じりに言う。

室内を忍び笑いが満たし、文句をつけてきた男は首をめぐらしてうなる。ルルーも笑顔になったが、すみやかにいま直面している状況に注意を戻す。レンにはルルーがまだ何か言いたいのが見てとれる。言って、とレンは望む。

「わかっているのは、すべての手がかりがフェスティバルで何か大きな事件が起こるのを示しているということだけだ。誤った警報なのか、いたずらなのかはたいして重要じゃない。危険を冒すわけにはいかないし、この事件では大げさな対応をしてもだれもわれわれを責めないさ」ルルーは請け合う。

さらなる人命を危険にさらすよりは、過剰に反応するほうがよほどましだという点で警官たちの意見は一致したようだ。警部補が深みのある厳かな声を発し、つぶやき声を沈黙させる。「この件は最優先だ。全員、このイベントでは油断せずに警戒にあたること。今夜、おまえたちのだれかが電話を手にしているのを見かけたら、口に突っこんでやるからな」と警告する。

室内をふたたび忍び笑いが満たし、不安げな話し声がそれにつづく。ルルーとウィルは作戦計画を説明しはじめる。ウィルがフェスティバル会場の地図を広げ、掲示板に貼る。「現地にはステージが三つ設置されてる。ひとつは大きなメインステージで、ふたつはそれより小さい」説明し、地図の三つの区画を指差す。「当然、客のほとんどはこのあたりに集まるだろうが、食べ物が売られてるところにも集まるはずだ。だれだって食べるのは大好きだし、大音量の地元の音楽を間近で聴くのも大好きだからな。この人通りの多い一帯に警官の大部分を配置し、会場のほかの場所には死角がないように互いちがいに配置する」

ルルーは同意してうなずき、両手を打ち合わせて下顎にあてる。「すべての出入口を監視する必要があるし、ほかにも監視しなければならない場所はある。だれもわれわれの目を盗んで出入りさせてはならない」と付け加える。

室内の何人かが納得していない顔のままであるのをレンは見てとり、ルルーもそれを見てとっているのがわかる。レンも頭の中に疑念が浮かぶのを抑えきれない。犯人はそこまで向こう見ずなのだろうか。ほんとうにそこまで愚かなのだろうか。最初の死体遺棄からして犯人は相当な自信家で、その後もそれはずっと変わっていないように思える。大々的におのれの力を示そうとするほど自信を膨らませている可能性がないとは言いきれない。

しかし、きょう、ルーの計画と警官の大部隊が役に立つのだろうかという疑問も残る。犯人は周囲に溶けこめるタイプの人物だ。犯人を見かけても市民は近づきたくなくて道を渡ったりしないし、すれちがうときにハンドバッグを握り締めたりしない。犯人は悪意をあらわにしないし、悪人面もしていない。プロファイリングに基づけば、ほとんどの被害者を言いくるめて自発的についてこさせることができたようだ。力ずくで拉致したわけではない。混乱の中にわが身を置くことではなく、遠くから混乱を引き起こすことに興味を持っている。

レンは室内を見まわし、はいってきたときよりも不安を募らせる。

15

ジェレミーは電話のボタンに触れ、スピーカーをマイクにもたせかける。この夜のために入念に編集したプレイリストが暗闇に流れはじめ、ジェレミーは期待の笑みを浮かべる。オーディオ機器を収納してある小屋から歩み出ると、少し時間を割いて乾ききったモクレンの低木に水をやり、繊細な白い花弁を指ではさんで撫でる。ひんやりとした夜の空気を吸い、音楽に合わせて肩を揺らす。孤立した広大な沼地にデヴィッド・ボウイの《サフラジェット・シティ》が響き渡っていて、ジェレミーは最後にもう一度装備を確認する。腹に巻いたホルスターに差しこんだグロック22に軽く触れ、右脚のカーゴポケットを叩いて、刃渡り十七インチの鋸刃（のこぎりば）のハンティングナイフがはいっていることを確かめる。背中に吊ったショットガンを引っ張り、前方に広がる樹海にゆっくりと歩み入る。

ジェレミーが成長すると、家族はその好奇心を抑圧した。最も関心のあるものを追求するようながすことはなかった。小動物を解剖して体内の働きを探るというジェレミーの趣味はまわりの人々を不快にさせた。父親が死ぬと、ジェレミーは母親にいっそう怒りを募らせるようになった。息子が真の才能を発揮するのを押しとどめようとするそのやり方にも。だから何年か前に母親から自由になったとき、待ちに待った解放感を覚えた。いまや好奇心を束縛するものはなくなり、いくらでも望むだけ遊べる。

逃げろと言ったとき、エミリー以外の客たちも聞いていただろうか。恐怖で足がすくんでいるのではなく、移動しているのだとしたら、おそらく今夜のどこかの時点で客たちは互いを見つけることになる。そうなると少し厄介だ。厄介なのは好ましくないが、やむをえず受け入れなければならないときもある。サルオガセモドキの下をくぐり、暗視ゴーグルを装着して、ねじれた根をまたぎ、前方の木々に目を走らせる。目につくものは何もないので、電話のロックを解除する。敷地内に設置された多数の監視カメラにアプリが接続し、指示に従って作動する。画面をタップしていくつものアングルを切り替えていくうちに、闇の中にいるエミリーを映しているカメラにたどり着く。

目眩を誘う夜の音が陽気な音楽と混ざり合っている。エミリーがヌマスギの木に背中を押しつけ、耳の穴に指を突っこんでいるのが見える。懸命に息を整え、暗闇に目を慣らそうとしているその姿を見ていると、いまどんな思いが頭の中を駆けめぐっているのか気になる。エミリーは周囲を見まわしている。たぶん、ジェレミーが近くにいるかどうかを考えている。見るのに飽きてきたころ、エミリーが動きだす。むざむざとやられるつもりはないようだ。沼地を移動し、急ぎ足で進みながら、懐中電灯の使用は最小限にとどめている。姿を追うためにさらに画面をタップしてアングルを切り替えなければならない。挑まれたジェレミー自身の鼓動も速まっている。

不意にエミリーが立ち止まる。左側に注意を向け、完全に足を止めているのが見える。懐中電灯を消灯し、耳障りな騒音の中で耳を澄ましている。ジェレミーはエミリーを不安にさせた音を聞く。枝が折れるその音は、百万マイルのかなたにも、すぐ近くにも感じられたにちがいない。いきなり、ひと筋の光がエミリーを包みこむ。

「だれなの？」明らかに女の、狼狽した甲高い声が懐中電灯の向こうから響く。

エミリーは息を吐き出し、ジェレミーはその全身が震えるのを見てとる。

「エミリー。わたしはエミリー」エミリーはつかえながら言い、片手を胸にあて、まぶしい光を避けるために目を閉じる。

懐中電灯が下に向けられ、持ち主がはっきりと安堵のため息をつく。

「ああ、よかった」ケイティは疲れた目を閉じてしゃがみこみ、血が固まってこびりついた手を木にあてて支えとする。炎に誘われる蛾のように、エミリーの視線がそのありさまに吸い寄せられる。

「あなたはだれなの？」エミリーは自分の懐中電灯を点灯し、ジェレミーの不愉快な客を照らし出す。

「ケイティ。でも、いまは自己紹介なんてしてる場合じゃない」ケイティはにべもなく言う。「どうせあいつはあたしたちを殺すつもり。お目にかかれて感激よ！」額をこすり、弱々しく泣きはじめる。

哀れだ。

エミリーは首を横に振る。「わたしは殺されるつもりはない」

ケイティはかすかに笑い、立ちあがる。「あらそう。いい、あんたはここに来たばかり。あたしたちはもう何日も前に連れこまれた。あんたはどこでつかまったの？」

ジェレミーは笑みをこらえきれない。

「カルは実験パートナーなの。医学校で同じ授業を受けていて」エミリーは油断なく左右に目を配っている。

「カルってだれ？　そいつもここにいるの？」ケイティは混乱し、苛立っている様子だ。

ジェレミーは笑い声をあげる。

エミリーは眉を動かし、横に目をやる。「こんなことを仕組んだ張本人よ。あなたたちはもう何日も前に連れこまれたと言ったわよね」

エミリーも混乱しているようだ。ジェレミーは悦に入る。

ケイティはあからさまに不機嫌になっている。「カルなんてやつのことは知らないけど、張本人の名前はジェレミーよ」

「それはもうどうでもいい。ねえ、わたしたち以外のだれがここにいるの？　ほかにもだれかいるの？」エミリーは訊く。

ジェレミー以外にもだれかが近くにいるかもしれないと考え、エミリーの顔にふたたび焦りの色が浮かぶ。

疲れきったケイティは泣き声で力なく言う。「あたしの友達のマット。ここのどこかにいるはず。まだジェレミーに見つかってなければだけど」

エミリーは聞きとれるほど鋭く息を吸い、周囲を見まわす。

「わかった、ケイティ。移動しないと。マットを捜しましょう」と告げる。

ケイティの懐中電灯の光が少し弱くなっているのをジェレミーは見てとる。エミリーもそれに気づいたようだ。

「懐中電灯を消したほうがいいと思う」エミリーはケイティの懐中電灯の弱くなっている光を身ぶりで示す。

ケイティはせせら笑い、首を横に振る。

「いやよ。真っ暗な地下室に何日も閉じこめられてたのよ。ようやく外に出たのに暗闇の中で転びまくるなんて冗談じゃない」

エミリーは唇を嚙み、平静を保とうとしながら説明する。「光の弱まり方からすると、すぐに贅沢は言っていられなくなるわよ」

辛辣な、怒りのこもった声だ。

ケイティは懐中電灯の向きを変えて自分の顔を照らし、肩をすくめる。「いま言ったとおり、あいつはあたしたちを逃がすつもりはないし、あたしは暗闇で死ぬつもりはない」

エミリーはしぶしぶ譲歩し、ケイティのあとについて歩く。

歌が終わる。エミリーとケイティはふたりとも安堵して空を見あげる。だが、なんの前触れもなく、ヴァン・モリソンの《ムーンダンス》が闇を満たし、ふたりは驚いて体を少しこわばらせる。それでも生い茂った低木のあいだを重い足どりで歩き、ぬめったサルオガセモドキの下をくぐって、一歩ごとにかかとまで沼地に沈みながら進んでいく。ルイジアナのバイユーの音に押し包まれ、うんざりするほど陽気な音楽を聴かされながらも、エミリーが懸命に周囲を警戒しているのをジェレミーは見てとる。

「いまのは何？」エミリーが足を止め、首を伸ばして混沌に目を凝らす。

ジェレミーも移動を再開している。ゆっくりと、静かに、滑るようにふたりのほうへ向かっている。発見されない程度に距離を保ちつつ、直接観察できる程度に距離を詰めている。ケイティが凍りつき、懐中電灯を四方に向けている。エミリーはそれを明らかにやめさせたがっている。

「マット？」ケイティが大きすぎる声で言う。

エミリーがケイティをつかんでその口を手で覆い、強引に静かにさせる。

「カルに聞かれたらどうするのよ?!」荒々しい口調で耳もとでささやくが、ジェレミーにもその声は聞きとれる。

ジェレミーはにやついている。ショーを見物しているかのようだ。これほど順調に事が運ぶとは思わなかった。ケイティとエミリーは舞台の上の役者のようにみずからの役割を体現している。

ケイティが手を剝がし、怒りをこめてエミリーをにらみつけ、懐中電灯を脇におろす。

「マットだったらどうするのよ？」とげとげしく言う。

エミリーは指を一本立て、ふたたびケイティを黙らせると、首を伸ばして耳を澄ます。聞き覚えのある、金属と金属のぶつかる音が響く。自分もこのショーの一部となるべく、ジェレミーが聞こえよがしにショットガンのフォアエンドをスライドさせた音だ。

「伏せて！」エミリーが金切り声をあげ、地面に身を投げ出すとともに、ケイティを隣に引き倒す。

エミリーは本能に従って頭を手で覆い、ケイティはぬいぐるみ人形のように泥に倒れこんで悲鳴をあげる。ふたりが沼地に伏せた瞬間、ジェレミーの撃った弾が背後の木にあたり、銃声と硝煙が拡散する。

エミリーはこの轟音を知っている。子供のころ、父親がいろいろな武器について教えてくれたとカルに話していた。本人は銃を所有しようとは思わなかったようだが、知識はまだ残っている。

「闘争か逃走かだ、お嬢さんたち。闘争か逃走か」ジェレミーはひとりごとをつぶやく。

前方の光景から目を離さない。いま立っている場所からでも、ふたりの恐怖を感じとれる。まるで潮が差してパニックと絶望のにおいで空気を満たしているかのようだ。

「行って、ケイティ！　行くのよ！」エミリーは逃走を選び、身を低くしたままケイティを前に押し出す。

ケイティは泣きじゃくり、つんのめって自分の頭を手で覆い、状況を混乱させる。

「ケイティ、静かにしてさっさと動けってば！」エミリーは怒鳴る。

エミリーならケイトを嫌うと思ったよ。

ふたりを組ませたのは理由があってのことであり、ジェレミーはふたりの関係が険悪になりつつあるのを見て喜ぶ。

ケイティは首を横に振り、泣きじゃくって両手と両膝を突いたまま動かない。

「無理よ！　そんなの無理！」と泣き叫ぶ。

エミリーはすぐさまそばに行き、腕をケイティの首にまわし、手のひらでその口を覆う。何も言わず、ケイティを引きずって足を急がせる。ジェレミーはふたりと並んですばやく移動し、向こうからは見えないのにこちらからは見えるという優越感に浸る。ふたりは樹海を掻き分けて進み、ようやく足を止めて休む。エミリーは疲労で倒れそうだ。

「ここに長居はできない」エミリーは息を切らし、腰に手をあてて周囲の闇に目を凝らしている。「動きつづけないと、いい的よ」

ケイティは首を横に振る。

「どこに行くって言うのよ？」両手を掲げてから、泥に叩きつける。「あいつは銃を持ったサイコ野郎なのよ。あたしたちはばかみたいに逃げまわったあげく、木陰か何かに隠れたあいつに撃ち殺される。朝になるまで、ここでじっとして隠れてるほうがいい」

「それがあなたの作戦？　日がのぼったらあの男が何もせずに立ち去るとでも思っているの？」エミリーは目を固くつぶり、前かがみになる。

「つかまらないようにするだけでいいってあいつは言った。それだけでいいのよ」

たとえこのうえなく腹の立つ相手であっても、エミリーはだれかを置き去りにするような人間ではない。自分はヒーローだと思っているからだ。ジェレミーはそれを知っている。

「あんな男のことばを本気で信じているの？　あなたたちを辛抱強く何日も閉じこめ、何カ月もわたしの友達を演じていた男が、何時間かわたしたちを見つけられなかっただけであきらめると思うの？」

ケイティは肩をすくめ、エミリーはため息をついて肩からクモを払い落とす。

「自分の友達を捜したくないの？　マットをひとりきりで死なせるつもり？」

ジェレミーは感心する。エミリーは生存本能がとても強いが、この思いちがいをしている他人を助けるためなら、それを無視するのもいとわない。

「たぶんマットはもう死んでる」

「だとしても、わたしたちはここで死ぬわけには――」エミリーは押し黙る。

枝が折れる音。そして足を引きずる音をふたりは聞く。ケイティが恐怖に目を見開いてエミリーを見あげる。エミリーは背後の木の幹をつかみ、息を凝らして必死に周囲を見透かそうとしている。

今度はわたしではないぞ。

ジェレミーは薄ら笑いを浮かべ、もうひとりの客が現れるのを待つ。

「ケイティ！」押し殺した男の声が闇から届く。

ケイティは立ちあがって懐中電灯に手を伸ばす。

「嘘、マットなの?!」信じられないという口調でささやき返す。

懐中電灯が点灯し、一条の光が木々のあいだに投げかけられる。汚れた服を着たむさ苦しい男が二十フィート先に立っている。その顔がほころび、ケイティは安堵していきなり笑いだす。エミリーは息をつき、物陰から出る。三人は警戒を解き、互いに歩み寄る。退屈な展開にジェレミーはかぶりを振り、グロックを掲げて三人が集まりつつある地点へ向ける。

「まさか会えるなんて！」ケイティはマットの胸に飛びこんで抱き締め、マットは痛みに顔をゆがめる。

「ああ、この膝で歩けるわけないと思ってたんだが、アドレナリンが痛みをごまかしてくれたみたいだ」

エミリーは古い血と新しい泥がこびりついたマットの右膝を見る。その目には恐怖が表れているが、いきなり響いた大きな銃声がさらなる恐怖をもたらす。ジェレミーの拳銃から放たれた弾丸がマットのこめかみを直撃し、ケイティの顔に血しぶきが飛ぶ。マットは飛んでいるところを撃ち落とされた鳥のように地面に突っこみ、ケイティは悲鳴をあげる。

だが、ケイティが凄惨な光景を理解する前に、エミリーがその腕をつかんで走りだす。

「がんばれよ、レディーズ・アンド……いや、もうレディーズだけか」ジェレミーは笑みを浮かべ、拳銃をホルスターに戻す。

16

突然、不意の出血のように、レンはそのにおいを嗅ぎとる。

においはかすかだ。あまりにもかすかだから、死体安置所で長く過ごしすぎたせいで嗅覚が錯覚を起こしているのではないかと疑う。訓練されていない鼻には、フェスティバルの傷んだ食べ物や屋台の肉料理の失敗した試作品のにおいのように感じるかもしれない。しかし、レンはそれが蒸し暑い天候で腐敗がはじまったときの悪臭にまちがいないことを知っている。

このにおいは決まって最初は腐ったタマネギのにおいに似ている。だが、これなら我慢できると思ったとたん、においは変わる。住民の全員が別々の料理を作っている満室のアパートメントのようになり、においがからみ合って悪臭を作り出す。そしてそれが濃くなり、息を詰まらせる。何重にもなった悪臭がクモの子を散らすように広がって襲いかかってくる。感覚器官を物理的に攻撃するということだ。解き放たれた死臭は容赦がない。

部下の技師が隣に立っていて、不安なのか口数が多い。

「そこら中に警官がいるのはわかっていますが、それでも少し不安です。正直に言うと。わたしたちまで駆り出すなんて、正気とは思えません。爆発物探知犬も投入しているんでしょう?」技師は訊くが、その声の大きさは適切ではない。

「警察の話をするのはやめなさい」レンは声を落としたままたしなめる。「ここで何より重要なのは大混乱を避けることであって、それを起こすことではないのよ」

「わかっています。すみません」

「冷静になりなさい。緊迫した状況になるかもしれないから、しっかりしてもらわないと困るのよ」

「おっしゃるとおりです。もう大丈夫です」

レンは一瞬だけ、言いすぎたかもしれないと思う。

「不安になるのは当たり前よ。わたしだって不安になっている。でも、それを抑えこんで目の前の作業に取り組むのがわたしたちの仕事なんだから。さて、どんなにおいがする?」レンは尋ねる。

若い女技師の鼻孔が広がり、目が見開かれる。

「これって……」

「ビンゴ」レンは答える。

「なんてこと」

「慌てないで。賢くやらないと」レンは指示する。人波の向こうにいるルルーを見据える。ルルーはくだけた雰囲気を出そうとしているが、きれいにプレスされたスーツ姿だからひどく場ちがいだ。「落ち着いてわたしについてきて」

レンと若い技師はフェスティバルに押し寄せる観客の流れを突っ切る。

「いったい何を食べてるの？」樹脂製のカップを持った女が首を伸ばし、連れの男が掻きこんでいる紙皿の料理を見る。男は肩をすくめ、やらないぞとでも言いたげに皿を引っこめる。

「バーボンチキンライスだったかな。よく知らない。どうかしたか？」

「温まった生ごみみたいなにおいがする」女は答え、鼻に皺を寄せる。

「いや、バーボンソースのにおいしかしないぞ」男はむきになって言い張り、女の鼻の下に皿を突き出すが、女は嗅ぐ前から尻ごみしている。

女の返事を聞く前に、レンはそこを通り過ぎる。人体の腐敗臭が空中に広がりつつあり、人々が気づきはじめている。技師を連れ、トランペットを演奏している男のそばを抜ける。陽気な調べが細かな霧のように空気を満たしている。何人かがまわりでダンスをはじめている。相手を引っ張ったり回転させたりしながら、心から楽しんでいるときしか出てこない屈託のない笑い声をあげている。しかし、一見すると華やかなこの光景に隠れて、腐敗物があることをレンは知っている。目をしばたたいてルルーのほうへ突き進み、その横で足を止めると、顔を向けて耳打ちできるようにする。

「この近くよ。あなたもきっとにおいを嗅ぎとれるはず」

視線を交わす。ルルーはうなずき、群衆に目を走らせる。においをたどっていっしょに移動する。技師は電話の画面をスクロールするふりをしながら、少し遅れてついてくる。においの源を探すルルーの目は血走っている。ふだんなら感情的に反応するのを厳に戒(いまし)めているから、その鎧(よろい)にこうしてひびがはいるのを見ると恐ろしくなる。レンは深く息を吸い、意識を集中しようとする。

「目が頭から飛び出しそうな顔をしているわよ。冷静になって」そう言ってはみたものの、ルルーが厳しい表情で見返してきたので驚く。自分も焦っていることは顔に出さず、ふたたび声をかける。「ハエを探して」

「真夏のルイジアナの汚らしい音楽フェスティバルでハエを探すのか。わかった」

「クロバエのしつこさと習性について、手短におさらいしたほうがいい？」

「遠慮する。わかっているから。ハエの大群を探せばいいんだな」

レンはうなずき、群衆に視線を戻す。集団をすばやく見まわし、できるかぎり目を配る。浮かれ騒ぐおおぜいの人々を掻き分け、小さいステージの一方に近づく。小さいといっても、堂々としたメインステージに比べれば小さいというだけだ。ステージを支え、基礎を形作っている木材はたわみ、すり減り、繰り返し夏の太陽を浴びて色褪せている。いま、元気のいいジャズのアンサンブルがステージの古びた床の上で体を揺らしたり足を踏み鳴らしたりしながら、軽快な曲を奏でている。音楽が躍動し、クレッシェンドでもったいぶってから、ようやく高まって渾然一体となった音の波が広がる。午後の日差しが宙に掲げられた楽器に反射し、トランペットとサックスを純金さながらに輝かせている。

黒い薄雲がステージの左側の奥のほうに湧いている。観客とステージを隔てる鉄柵にこれほど近づいていなければ見えなかっただろうし、ましてやその音は聞こえなかっただろう。雲は授粉中の花畑を思わせるブンブンという音を立てている。ただし、ここは田園地帯ではないし、あれは忙しく働くハチでもない。あの虫たちははるかにかぐわしくないにおいを探していて、腐肉の悪臭を好む。

朽ちかけた横板のあいだで群れをなして旋回しているハエから目を離さず、ルルーのシャツの横をつかんでひねる。ルルーはすぐさま立ち止まる。

「どうした？」レンを見ずに訊く。

「ステージの下、左側、奥のほう」

ルルーはそちらにすばやく目を向け、鋭く息を呑む。「ついてきてくれ」

鉄柵の端へと横向きに押し進む。警備員が高さのある木製のスツールにすわっている。片脚を曲げて座面の下の貫に乗せ、上の空で音楽に合わせて首を振っている。ルルーは警備員に近づき、耳もとに口を寄せる。

「ニューオーリンズ市警だ」ささやき声より少しだけ大きな声で告げる。

上着の前を開き、目立たないようにバッジを見せる。警備員は視線を落としてそれを見てとると、うなずく。ルルーは自分の背後を一瞥する。

「ステージの下を調べたいんだが、観客全体にパニックを起こすのは避けたい。手を貸してくれるか？　きみは……」

「ブルームです」若い警備員は答え、咳払いし、スツールの上で背筋を伸ばす。無精ひげに覆われた顎を撫でてから、腿の上に手を置く。「問題ありません、刑事。どうぞはいってください。自分はここに残って、騒ぎにならないようにします」

ルルーは警備員の肩を叩く。「ありがとう、感謝する。行くぞ、マラー」

レンと技師を手招きし、三人でステージの左側にまわりこむ。においはまちがいようがない。ハエに近づくにつれ、空気が重く、濁っていく。死と腐敗に満たされた別の領域に歩み入るかのようだ。レンは片膝を突き、木の一部が朽ちている横板のあいだをのぞきこむ。ステージの下は暗い。目が闇の帳(とばり)に慣れ、よく知った形が見えてくる。ステージの下のほぼ中央に不自然な恰好で倒れ、動かないそれがクロバエを引き寄せている。近づくと、においが耐えがたくなる。

「どこかからステージの下にはいれる？」レンは身を起こし、吐き気をこらえる。

「裏に戸があるぞ」

レンが裏にまわると、先行したルルーがしゃがみこんでいる。その手が戸の掛け金をはずす。レンは尻ポケットから小さな懐中電灯を出して点灯する。光線が前に伸び、動かぬ物体のあたりに届くと、そこで止まる。前方に照らし出されたのは、二十代の女とおぼしきねじ曲がった死体だ。まるでスカイダイビングでパラシュートを開く直前の体勢のように、うつ伏せで両腕を広げている。右膝のあるべきところが、ずたずたになった肉と骨の残骸になっていることをレンはすぐさま見てとる。光線を脚から頭へ動かしたとき、被害者の半開きの目が悪魔の目さながらに光り、思わず息を呑む。こちらをまっすぐに見返しているが、瞳には何も映っていない。顔は汚れ、土と血と垢(あか)に覆われている。懐中電灯を消灯し、間をとって気を静めてから、小さな戸の前でしゃがむ。

「予想どおりよ。むごい」と言う。ルルーが小声で「くそ」とつぶやくのが聞こえる。

「あいにく、もっと近くまで行く必要がありそうね」

ルルーは手の甲で額の汗を拭う。「まさかこの下に潜りこむつもりなのか？」

「あそこまで這っていかなくてもいい。もう少しだけ近づければ、わたしたちの探しているものがよく見えるはず。被害者は右手に何かを持っているように見える」

ルルーはステージの端に行き、立ち止まって前の板を軽く蹴る。板が砕けたので、ルルーに目をやる。

「弱いところを見つけた」と伝える。

ルルーが隣にかがみ、レンは腐った板を引き剝がす。小さな穴があいていく。ルルーは電話のライトでできるだけ奥まで照らしながら、闇をのぞきこむ。

「本気なのか、マラー」

レンはうなずき、髪を頭のてっぺんで雑にまとめる。尻ポケットに手を入れて黒いニトリルゴム手袋を出し、両手にはめる。

「もちろん。背後は任せたわよ」

懐中電灯を点灯して口にくわえ、頭から先に暗闇に潜りこむ。頭上から音楽を浴びながら、前方の死体へ向かってゆっくりと進む。この空間は狭苦しくて暑い。首を深く曲げた無理な体勢でしゃがむか、這うのがやっとだ。岩や凹凸のある地面に膝がこすれる痛みを感じながら、這い進む。近づくにつれ、この若い女の無残な死の全容が明らかになっていく。全身がいくつもの創傷や打撲傷などの外傷だらけで、頸部には大きな裂傷があり、黒っぽい巻き毛が顔面と頸部に貼りつき、肉や乾いた血とからみ合っている。

「ひどい」

くわえた懐中電灯のせいでくぐもったそのことばが、口からこぼれかける。ルルーは穴の前で辛抱強く待っている。そして惨殺された死体を一瞥する。

「中にいると気が滅入りそうだな」ため息をついて言う。

レンはかぶりを振り、首を少しひねって背後のルルーに目をやる。「これは極悪非道な犯行よ、ルルー。これまでに輪をかけてひどい」

「くそ。あと一歩でこのろくでなしを逮捕できそうなのに」

レンは前方の暴行された死体に視線を戻し、女の右手に目を凝らす。届きそうで届かない何かに永遠に手を伸ばしているかのように、横に差し伸べられている。何かを握っていて、レンは手袋をはめた手で慎重にそのこわばった指を広げる。努力は報われ、まぎれもない地図の線と記号が現れる。いくつもの区画に番号が振られ、有名な墓地に眠る名士たちが一覧になっている。第一セント・ルイス墓地の地図だ。

「証拠品袋はある？」レンは背後に向かって言い、地図を完全に広げる。

第一セント・ルイス墓地のガイド付きツアーで、そこの光景に見とれながら細かく調べたがる観光客に渡されるものだ。それなりに詳細な地図で、死者の街を走る小道や通路に沿って立つ木々まで描きこまれている。レンは小道に目を走らせ、場ちがいな何かを探す。なぜ死んだ女がこの地図を握り締めていたのか、その理由を説明してくれそうな何かを。中央付近の墓が密集しているあたりに、小さな深紅の×印を見つけ、わずかに息を呑む。

「何があった？」ルルーが尋ねる。

「第一セント・ルイス墓地の案内図があって、一カ所に赤い印がつけられている。きょう、わたしたちに見つけさせるために犯人が残していったプレゼントは、この被害者だけじゃなさそうよ」

「くそ。わかった、出てくるんだ。被害者をここから運び出して、墓地に向かおう。犯行を阻止しなければならない。ただちに」

レンはうなずき、地図を袋に入れて固く封をしてから、目の前の痛めつけられた死体をもう一度だけ見る。その最後の真剣な観察中に、それまで気づかなかったものに気づく。被害者の右手首に白いスマートウォッチがはめられていて、新品同様であるために目立っている。真新しく、被害者のほかの所持品とはちがって傷んでいない。このスマートウォッチが死亡前あるいは死亡時に手首にはめられていたとは考えられない。

「マラー。行くぞ！」ルルーがしびれを切らして言う。いろいろな考えが頭の中を駆けめぐっているのが目に表れている。つぎの行動を早くも決めようとしている。この世界のまさに古強者らしく。

ルルーは疑念と苛立ちを漂わせているが、それが目の前の死体遺棄現場に手抜かりなく対応したいというレンの意思を妨げることはない。

「わかった、ジョン、聞こえている。もう少しだけ」

レンはスマートウォッチを調べるために手袋をはめた手を伸ばし、画面を軽くタップして起動する。青い光が暗く狭苦しい空間を満たす。数字を使ったパスコードを要求している。

「地図を寄越せ、マラー」ルルーが怒鳴る。「移動するぞ！」

レンはそれを無視し、藁にもすがる思いで周囲を見まわす。つい先ほどまでは息が詰まりそうに感じた空間が、いまは広くうつろに感じる。懐中電灯を手で持って死体の周辺を照らし、もっと情報があることを期待するが、土と埃と虫しか見当たらない。不満のため息をつき、視線を落とす。

「何か見えたように思ったんだけど」甲高い声で言う。

地図を大事にしまった証拠品袋を握り、体をうまく動かして穴のほうを向く。ルルーと目が合うと、腕を伸ばして袋を渡す。小さな深紅の×印が目を引く。

「赤い×印のある区画の番号を教えて」

ルルーは片方の眉を吊りあげ、明らかに腹を立てている。

「はあ？」不満をこぼすが、地図に視線を落とし、証拠品袋の皺を伸ばして数字がよく見えるようにする。「字が信じられないくらい小さいな。1、5、0……3。どういうことだ？」

「1、5、0、3……1、5、0、3……1、5、0、3」レンは小さく繰り返しながら、再度死んだ女のほうへ急ぐ。手袋をはめた手でスマートウォッチをタップし、起動する。スワイプすると、四桁のパスコードをふたたび要求される。数字を入力し、最後の数字を打ちこむ前にためらう。荒い息をつきながら、画面をすばやくタップする。ロックが解除されて画面にアプリが表示される――アラームだ。

「レン！」ルルーが苛立ちもあらわに声を張りあげる。レンは早鐘を打っている心臓を落ち着かせようとする。「行かないのか、それとも……？　ほかのことをするのなら、その前にちゃんと言え！」

「妙なものがあったのよ、ジョン」レンはようやく答え、背後を見る。「被害者はこんな状態にそぐわない真新しいスマートウォッチを手首にはめている。死後に着けたのは明らかよ。区画の番号を訊いたでしょう？　1、5、0、3だったわよね？　それがこのスマートウォッチのパスコードで、解除したらアプリがひとつだけ開かれていた。アラームよ」

レンはことばを切り、ルルーが愕然とするのを見てとる。ルルーは目をこすり、集まってきた別の警官に証拠品袋を渡す。

「残された時間は？」

レンはアラームのアプリを見る。セットされている時刻はひとつだけで、午後二時だ。

「あと四十五分」

「移動するぞ。ランドリー、コーミエ、フォックス、おまえたちはウィルと行け。先行して墓地から人を退去させろ。おれはマラーを連れてあとから行く」

顔を紅潮させ、レンに顔を向ける。

「そこから出てくれ。行こう」

レンは穴から這い出る。かたわらで技師がうろついているのを見つけ、手招きする。

「監察医務院に連絡して、被害者を運び出す手配をして」と指示し、若い女がすぐに電話のボタンをタップするのを見届ける。

無造作に手袋をはずし、膝の埃を払うと、急いでルルーに従い、バリケードテープの前に集まりつつある野次馬のあいだを抜けていく。人々の顔は恐怖と、露骨な好奇心と、混乱でゆがんでいる。ささやき声を交わし、首を伸ばして、あからさまに異常な事態をひと目見ようとしている。遠くのステージからはにぎやかな音楽がまだ鳴り響いているが、すぐそこのバンドは演奏を打ち切っている。レンはいまごろになってそれに気づく。

17

グロックから放たれた弾丸が狙いどおりに命中するのを見届けたジェレミーは、名状しがたい満足感を覚える。ケイティとエミリーもついでに撃とうと思えば撃てたが、まだ遊び足りない。これほど美味な食事はひと口ずつゆっくりと味わうべきだ。

ケイティとエミリーは草木に覆われた土地をやみくもに走っている。ジェレミーはその姿を視界に留めつつ、安全なくらいこちらを引き離せたとふたりに思いこませる。ケイティは半狂乱でマットの脳の灰白質を顔から拭っていて、足がもつれ、遅れている。ケイティは愚かだし、マットはネアンデルタール人並みだったが、少なくともエミリーは闘士だ。だからやりがいがある。懐中電灯のひとつが、生い茂った草木のあいだを揺れながら抜けていくうちに点滅し、暗くなり、完全に消える。

これで懐中電灯は残りひとつ。

笑みを浮かべて足を少し速める。流れはじめたブルー・オイスター・カルトの《死神》

に合わせて進んでいく。今夜は自分が死神だ。

ケイティは並んだ木々の向こうで激しく泣きじゃくっていて、その声は血に飢えた捕食動物にいきなり遭遇したウサギの声とたいして変わらない。ジェレミーは腕時計を見て、ゆっくりと満面に笑みをたたえる。客たちをここにほうり出してから数時間が経つが、いまのケイティの一歩はぎこちなく、自然な歩き方よりも右脚を高くあげている。薬物が効きはじめている。実験が成功したのを見てとり、ジェレミーは有頂天になる。

禁酒法時代に起こったジャマイカ産ショウガ中毒事件の話を何かで読んだとき、天啓を得た。一九三〇年代初頭のアメリカ最南部で、利口な人間がジャマイカ産ショウガから魔法のように酒を造り出した。これは〝ジェイク〟の名でよく知られ、アメリカ合衆国司法省の厳格な規制をくぐり抜けることができた。さらに、何も知らないマサチューセッツ工科大学教授の手を借りて、リン酸トリクレジルを加える方法を編み出した。これなら味を損なうことなく、検査に合格できたからだ。この斬新な密造酒の製法は結局のところ、愛飲者の多数が脚を高く持ちあげて爪先を上に曲げられない状態で歩くという結果をもたらした。この大量発生した麻痺は半信半疑で〝ジェイク・レッグ〟として知られるようになり、研究者たちはリン酸トリクレジルが実は危険な神経毒であり、神経細胞を破壊し、重要な筋肉の運動を助けるミエリン鞘(しょう)を傷害することを突き止めたが、それは遅きに失した。

相当量を摂取すると、この化学物質は胃腸障害と四肢の不全麻痺を引き起こす。点滴でこれを毎日注入されていたケイティは、ここぞというときにジェイク・レッグの劇的な症状を呈してくれたようだ。

脚の感覚がないとケイティがわめきはじめ、エミリーはがんばって進むよう懸命に説得している。ケイティが気力を失ってうずくまり、沼地に膝を突いたので、ジェレミーは笑みを浮かべる。ふたりとの距離を縮めていく。エミリーがまだ使える懐中電灯を前方に並んだ木々に恐る恐る向けながら、選択肢を検討しているのが見てとれる。ケイティは声を詰まらせて泣きじゃくり、エミリーはその腰に腕をまわして立ちあがらせようとする。

エミリーはいまにもケイティを見捨てそうだ。ジェレミーにはそれが感じとれる。自己保存本能が勝つだろう。ショットガンのフォアエンドをスライドさせて構える。その音はふたりにも聞こえ、エミリーはまたケイティを引きずっていこうとする。ジェレミーは引き金を絞り、たやすく標的に命中させる。右の膝頭を弾に引き裂かれたケイティが苦悶の絶叫をあげる。膝の上下の皮膚がめくれて肉がずたずたになっている。上半身の重みを支えきれず、ケイティは崩れ落ちて湿った地面に勢いよく倒れこむ。

エミリーの選択は決まる。逃げ出す。

ジェレミーはショットガンを背中に吊り、ハンティングナイフを鞘から引き抜いて、哀れな泣き声をあげているケイティにすみやかに歩み寄る。幽霊のごとくその前に現れると、ケイティの目が恐怖で見開かれる。ジェレミーはにやつきながらかたわらにしゃがみこみ、ケイティのもつれた髪を耳の後ろに撫でつける。

「シーッ」笑顔でささやく。

髪をつかんで首を反らし、喉に刃を沈めてゆっくりと引く。しばらくその体勢を保ち、ケイティが咳きこみ、暴れたすえに、動かなくなるのを待つ。目を閉じ、音楽に耳を傾ける。バイユーの生き物たちが奏でるシンフォニーと、スピーカーから流れる録音された曲の両方に。ケイティの頭を放して泥に突っこませ、自分の首の関節を鳴らす。

さて、エミリーはどこに逃げた？

18

「監察医務院のドクター・レン・マラーです。ベイスン・ストリート四二五番地に救急車をお願い」

レンは肩に載せた電話のバランスを保ちながら、バッグの中を掻きまわす。時が刻々と過ぎる中、ルルーがハンドルを操ってほかの車のあいだを縫うように進み、目的地へ向かっている。まだ救えるかもしれない被害者のもとへと。

「ええ、第一セント・ルイス墓地よ。緊急医療事態の可能性がある。入口で合流できるかもしれない。わたしたちが到着するのは――」ことばを切り、ダッシュボードの時計を見る。「――八分後。わかった。よろしく」

電話を座面に落とし、新しい手袋をはめる。顔には冷静さと決意が等しく混ざり合った色が浮かんでいる。頭のてっぺんでまとめた髪の一部がほどけて垂れている。それは生え際のまわりにこぼれ、死体遺棄現場の土が点々と散った頬に毛先が軽く触れている。

ニューオーリンズの景色が矢のように過ぎ、ルルーは前の車に荒々しくクラクションを鳴らす。サイレンの音で道を譲らなかったドライバーは容赦なく悪態をつかれている。ハンドルを握るルルーの手は関節が白くなっている。ルルーは大人気のスリラー作品によく出てくるようなやる気のない刑事ではない。

「これは罠だと思うか、マラー」慎重に考え抜いた口調でようやく訊く。

レンは助手席側の窓に肘を突き、手のひらでこめかみを支えている。

そしてため息をつく。「罠ではないと信じるしかない。どちらにしろわたしたちは、これは罠ではないと思って行動するしかない。でも、たとえ罠だったとしても、わたしたちは充分な心構えができていることを忘れないで」

ルルーはかすかにうなずく。

レンは身を起こす。「それに、ウィルとその部下のお坊ちゃんたちも現地に着いていて、わたしたちを掩護(えんご)してくれるはず」

唇をゆがめて笑みを作ると、ルルーも少しだけ含み笑いをする。

「お坊ちゃんたちか」首を横に振りながら言う。「まあ、確かに新人だが、お坊ちゃんというほど子供ではないぞ、マラー」

「わかっている。ただの冗談よ。わたしだって彼らの能力を信頼していなかったら、自分の安全を彼らの手腕に委ねたりしないわよ」

「ルルーが真剣な表情になる。「気になるのは、われわれが墓地の中を駆けずりまわって、毒入りのパンのかけらに食いつくのを、この犯人は近くで見届けるつもりなのかということだ」

車は右折し、ベイスン・ストリートにはいる。この一角は観光客と住民の両方で混雑している。大きなヨガスタジオから出てきた三人の女が、テラス席のあるカフェへ向かっている。人々はこの明るいルイジアナの午後、屋外で昼食を楽しみ、バターたっぷりのクロワッサンサンドイッチにかじりついているが、そこから見える範囲で、だれかが生き延びるために死に物狂いで戦っているかもしれない。車が墓地の入口に着く。中にちらほらと立つヤシの木々と、まわりを囲む古めかしい白い塀が不釣り合いだ。ヤシは微風でわずかにしなって葉を揺らし、この親しみにくい歴史的建造物に観光客を招き寄せている。中で待つ恐怖のことなどまったく無頓着に。

レンはうなずく。「わかっている。わたしも同じ筋書きを考えていた。それでも、やってみるしかない。きょうの午後は、わたしよりも救急隊の出番になるよう祈っている」

19

上下に跳ねるひと筋の光だけを導き手として、エミリーは不慣れな地形を転がるように駆けている。まさにジェレミーが望んでいたとおりの行動だった。エミリーはケイティを見捨て、自分だけでも生き延びたいという原始の衝動に身を任せた。

エミリーが突然の激しいパニックに襲われているのが感じとれる。屈せずに突き進んでいるが、沼地が一歩ごとに足にからみついて胸が悪くなるような音を立て、持久できる以上のエネルギーを使わせている。バイユーはジェレミーに協力し、その最終目的をかなえるべく力を貸している。この環境はジェレミーの支配下にある。もっと重要なことに、エミリーに牙をむいている。

エミリーが足を止め、木のうろに背中を押しこむ。太い幹を覆う泥や苔に寄りかかると、土くれや逆上した虫がその肩をなだれ落ちる。音を立てていないとでも思っているのだろうか。浅く速い息遣いが聞こえる。恐怖の気配を感じ、ジェレミーはもう我慢できなくなる。

「エミリー！」混沌にジェレミーの声がとどろく。「カルだ、エミリー！」エミリーは縮こまり、泣き声が喉から漏れるのをこらえようとする。ジェレミーはそのしゃくりあげる声を聞く。

「最後まで残ったのはきみのようだな」笑いを含んだ声で叫ぶ。「敷地の境界線はもう見つけたか？」

ジェレミーが近づいてくる音はエミリーにも聞こえる。ジェレミーはわざと自分の存在を知らしめ、エミリーは足を引きずって下生えのあいだを歩く。クライマックスが近づいている。

「自分がどちらへ逃げているか、わかっているのかい」ジェレミーは笑う。「まあ、あきらめてもらっては困るな。逃げろ、ウサギさん、逃げろ！」

即興の演出で拳銃を宙に向かって撃つと、エミリーは本能に突き動かされて走りだす。水しぶきの音を立てて小川を走って渡り、厚い泥に靴をからめとられる。靴を脱ぎ捨てて水から飛び出し、連なった低木を突っ切る。鋭い棘に脚や腕や顔を刺され、引き裂かれるが、進みつづける。ジェレミーもいまや走っていて、しだいに追いつきつつある。エミリーはマットやケイティのような最期を避けるためにジグザグに走っている。

突然、それが現れる。砂漠のオアシスさながらに、エミリーは境界線を見てとる。金網フェンスが木々のあいだに伸び、ジェレミーの王国と自由とを明確に線引きしている。高さは六フィートほどしかなく、勢いさえつければ乗り越えられる。エミリーは一瞬だけ立ち止まってから全速力で駆け出し、フェンスに飛びついて右足の爪先と右手の指を網目に引っかける。

突然の激痛。電撃があらゆる細胞を捕捉し、エミリーの体は硬直、痙攣してふたたび背後の悪夢の中へと突き落とされる。

「まさか境界線のフェンスに電気を流してはいないだろうと思いこんでいたのなら、ちょっと傷つくな」ジェレミーはもったいぶって言い、倒木をまたいでエミリーを見おろす。

エミリーは血を吐き出し、失神と鋭い集中状態のあいだをしきりに行ったり来たりしている。それから横に転がって這いはじめる。泥や苔にがむしゃらに爪を立て、力を振り絞って体を引きずっている。もう作戦のようなものはない。背後の怪物からできるだけ距離を置くことしか考えていない。ジェレミーはゆっくりとあとを追い、ハンティングナイフを鞘から抜き、膝を突いてエミリーの喉に腕を巻きつけ、引き起こして膝立ちにさせる。

何も言わずに親指と人差し指を使い、暴れるエミリーの右目を大きくあける。眼球にトロピカミドを数滴垂らし、視界がぼやけたのにエミリーが気づく前に、首を絞めたまま左目にも同じことをする。

「やめて！　何をしたの？」エミリーは叫び、顔を下に向けようとする。

「トロピカミドの目薬さ」ジェレミーは事もなげに答え、さらに数滴を両目に点眼する。

「目の検査を受けたことはあるだろう、エミリー？　何時間か視界がぼやける経験をして、大型機械の運転はしないでくださいと言われなかったか？」

笑みを浮かべる。鮮明にではないが、まだこちらの表情は見分けられるはずだ。エミリーはしきりに目をしばたたき、視界をはっきりさせようとするが、効果はない。

「〝第五頸椎なら一命は取り留める〟という言いまわしを聞いたことはあるかい」ジェレミーはエミリーの目をのぞきこみ、エミリーは見返す。

「お願いだから逃がして。逃がしてくれたらだれにも言わないから」エミリーは懇願する。エミリーをここまで導いた生存本能は、交渉の段階に移行してしまっている。ジェレミーは自分の額をエミリーの額に寄せ、押しつける。

「話の腰を折らないでくれないか」ウィンクし、頭を引く。「知っているだろうが、第五頸椎より上で脊髄を切断された人は確実に死亡する。その理由は？」

退屈そうにエミリーの肩から虫を弾き飛ばし、回答を待つ。

「やめて。お願いだからやめて！」

ジェレミーの顔が嫌悪でゆがむ。「わからないのか？　医学校の二年生のくせに、こんなに基本的な解剖学の質問にも答えられないのか？」

エミリーは目を閉じる。「お願い」とつぶやく。

ジェレミーはその懇願を無視してつづける。「第一頸椎から第四頸椎のあいだには、横隔膜による呼吸を司る神経が通っているからだ」そう言いながら、ハンティングナイフの先端でエミリーの横隔膜を指し示す。「そこの部分で脊髄を切断すれば、窒息して死亡する。第四頸椎ならもう息ができないというわけだ」

「どうしてそんな話をするの？」エミリーはパニックに陥っている。

「きみにそんなことをするつもりはないよ、エミリー。安心してくれ」ジェレミーはつづける。「どうした？　わたしを怪物だとでも思っているのかい」

ふたたび顔を近づけてから、ナイフに目をやり、柄をまわす。エミリーもそれを見つめていて、差しこんだわずかな月光が刃に反射する。またしてもバイユーがジェレミーの意に従っている。このショーのためにスポットライトを提供している。エミリーの下背部に鋭い痛みが走る。感じたのは焼けるような熱さばかりで、気づけばハンティングナイフを後ろから突き刺されている。

「第五頸椎より下で脊髄を切断されたのなら、一命を取り留める可能性は高い。だが、体のその椎骨より下の部分は確実に麻痺する」とつづけ、エミリーの脚を叩く。「わたしが選んだのは腰椎部（ランバー・リージョン）だ」

エミリーはジェレミーのシャツを片手でつかみ、黒い生地を握ってねじり、やみくもに周囲を見まわす。

「くだらないが、腰椎損傷（ランバー・リージョン）と韻を踏んでいるな」ジェレミーはまた笑みを浮かべ、すばやい一動作で刃を引き抜く。

20

左に第一セント・ルイス墓地が不気味に広がっている。白い塀の内側に封じられた過去の暗い秘密が、この現在の恐怖によって新たな力を得ている。並んだ死者たちの視線を浴びながら、怪物が犯行におよぶさまをレンは想像する。犯人は死者たちを、この聖地での犯罪の望まぬ目撃者にした。

救急車のサイレンが街のざわめきを貫きながら近づいてくる。ルルーはウィルの車の後ろに停車する。レンとルルーは無言で車からおり、よどんだ空気の中に立つ。すでに到着していた警官たちが角を曲がって現れるが、その表情は真剣で、早くも顔が汗で光っている。

「外周にはだれもいないようだ。門は押さえた。ランドリーとフォックスが中にいて、五〇三番の区画までの安全の確保にあたってる」

ウィルは見たことがないほど真剣な表情で、レンはそれも当然だと思う。

「何か物音は聞こえた?」と訊く。

ウィルは首を横に振り、日差しに目を細くする。「何も」

救急車が停車し、サイレンを止める。救急隊員がふたり飛びおり、車体側面の小物入れから救命処置セットを取り出す。

「われわれの後ろについて、この人たちを護衛してくれ」ルルーは救急車からおりたばかりの男女を身ぶりで示す。ウィルはうなずき、救急隊員たちをあいだにはさんでルルーとレンに付き従う。

ニューオーリンズ最古の墓地は、果てしなく広がっているように思える。曲がりくねった小道が錯覚を引き起こしているのだろう。薄気味悪いほど静かだ。ここは隔絶した空間になっている。塀の外側は都会の喧噪に満ちているが、レンは物音がしないか、人の気配がしないかと耳を澄ます。静寂が返ってくるだけだ。死者は黙秘している。

右に曲がり、地下墓の区画へ向かう。物音ひとつしない。近くの墓にとまっている大きなカラスでさえ、やけに静かだ。カラスは一行を見て、鉤爪の生えた足で崩れかけた石をつかんだまま、わずかに体を揺らす。成り行きを見届けにきたのだろうか、とレンは思う。

「シャベル! シャベルが要る!」墓地の廃れた一角に、掘ったばかりの墓穴を見つけ、レンは叫ぶ。

とっさにルルーが掘り返された地面のほうへ駆け出し、別の何かを見つける。警官たちも駆け寄って周囲を警戒する。銃を抜いて歩きまわり、罠が待ち受けていないか探している。レンは何か見つけたルルーを無視し、後方の管理小屋へ走る。予想どおり施錠されていたが、都合よく、小屋の壁にシャベルが立てかけられている。それをつかんで現場に駆け戻ると、見つけた物体をルルーがレンの目の前に突き出す。カチカチという大きな音を立てている。

「キッチンタイマーだ」ルルーは息を切らして言う。「さっきの現場のアラームと同じ時間にセットされている。残り時間はほぼ二十分」顔が赤らみ、汗を掻いている。

「この中にだれかが埋められているのなら、まずいわよ。地中で意識を保てるわけがない」前の新しい土が盛りあがっている部分に目を凝らす。「掘り返さないと。いますぐ」

ルルーはすばやく上着を脱いで地面に落とし、袖をまくる。

「きみはシャベルを使え」と命じ、膝を突いて、手と腕をシャベル代わりに使い、軟らかい土をすくいはじめる。

レンは猛然と掘る。土を脇に思いきりほうるうちに、ほかの警官たちも作業に加わる。全員、無言で働く。だれも口を利かない。シャベルが地面に刺さる音と、集団の荒い息遣いしか聞こえない。レンの願いは砕け散ったが、仲間にそれを見せまいとする。被害者が外か、せめて地上の墓にいることを願っていた。生き埋めにされた人間が生存できる時間はごくわずかだし、どれだけ被害者が頑健だろうと、四十五分間はあまりに長い。被害者がどんな容れ物に閉じこめられているかも、それがどれほど深く埋められているかも、もうどれくらい時間が経ってしまったかもわからない。そもそも、ほんとうにだれかが埋められているかどうかもわからない。それでも、レンはがむしゃらに掘る。願いが砕け散ったのは確かだが、まだ取り返しはつく。

ルルーはレンの手からシャベルを勇んで受けとり、できるかぎり強く、速く、それを土に突き刺す。古いキッチンタイマーが大きな音を立てながら時を刻んでいて、一秒たりともむだにできないことがレンの表情から読みとれる。もう何日も掘りつづけている気がする。すでに三フィート近く掘っている。腕の外側で額を拭い、土と汗をなすりつける。

「あのう、もし六フィートもの深さに埋められてたら?」警官のひとりがためらいがちに訊く。

レンは首を横に振り、息をつく。「そのときは六フィート掘るまでよ」

ルルーは機械さながらに動きつづける。同僚の不安には反応しなかったが、自身もそれは感じている。適切な計画も、適切な道具も、まともな水分補給も休息もなく、六フィートも土を掘りさげるのはたいへんな重労働だ。いまごろ気づいたが、現場に駆けつけた救急隊員のふたりも制服のシャツを脱ぎ、土をすくう作業に加わっている。そのひとりと目を合わせてうなずき、無言で感謝を伝える。向こうもうなずき返し、墓から土を取り除きつづける。

一団は充分に油を差した機械のように力を合わせて掘る。土が四方八方に散っている。全員が一心不乱に取り組んでいる。ルルーがキッチンタイマーに目をやったとき、シャベルの先端が何か硬いものにあたる。確認するために、ふたたびシャベルを突き刺す。金属が木にぶつかった感触がある。もう一度キッチンタイマーに目をやる。残り四分。

「何かあったぞ！」大声で言い、横に少しずれてさらに土を取り除いていくと、地中から木製の棺が少しずつ姿を現す。

レンは棺の頭側の土をどけ、ほかの面々が足側に集まって土をつぎつぎにすくう。墓はぞんざいに掘られている。警察が棺を見つけてあけるように犯人はもくろんだが、その前に少し苦労させたかったようだ。棺の端の取っ手があらわになり、周囲に期待感が満ちる。

「片方の端を引っ張ろう」ウィルが提案し、あらわになった取っ手を身ぶりで示す。「土が中に流れこまないように、棺を傾けてから蓋をあけよう」

レンはうなずく。「あなたたち三人で引きあげて。わたしたちは反対側の端から誘導する。わたしが止めてと言ったら、止めて。棺を傾けすぎないようにしたいから」

ウィルたちはうなずき、取っ手を握り締める。空いているほうの手を棺の側面にあて、体勢を安定させる。そして棺を力任せに引きあげ、レンと救急隊員たちは反対側から押す。騒々しくきしみながら、棺が周囲の土から引き剝がされる。

「止めて！」レンは大声で言い、片手を掲げる。

ウィルたちは動きを止め、端の取っ手から慎重に手を放し、かたわらの掘り出した土の山に棺をもたせかける。レンは蓋をこじあけはじめ、ルルーが急いで手伝う。両側から手早くシャベルを差しこんでねじると蓋がはずれたので、ふたりで持ちあげ、上で待ち受けていた何本もの手に渡す。

時間が静止する。キッチンタイマーのゆっくりと時を刻む音だけが静寂を破っている。

「なんてことだ！」救急隊員のひとりが叫び、恐怖に襲われて口を手で覆う。

棺にはいっていた女は二十代後半に見える。鳶色の髪は泥がからみつき、広がって頭部を覆っている。目は閉じられている。顔は汚れまみれだが、安らかだ。乾いた嘔吐物が頬と棺の内張りにこびりついている。何も履いていない足に擦過傷（さっかしょう）があり、乾いた血と土がへばりついている。白いTシャツはかなり傷んでいる。左体側と背部に濃い染みが広がっている。レンが教えずとも、それが血であることを警官たちは察する。大量の血だ。棺の中の女は身動きせず、声も発しない。

キッチンタイマーが鳴る。

21

ジェレミーは目をあけ、二時間しか眠っていないのにゆっくり休めたように感じる。ベッドの上で身を起こし、部屋のカーテンの向こうをのぞきこんで、注ぎこむ温かい光を浴びる。前に広がる樹海を見渡す。あれは自分にとっての青木ヶ原だ。日本の俗に言う〝自殺の森〟で、絶望した人が命を絶つために行くとされる。

昨夜、腰から下が麻痺してどこにも行けなくなったエミリーをあの森に置き去りにした。背中からナイフを抜いたあとのエミリーの目は血走っていた。ジェレミーの目をのぞきこんだその目は、ショックで明滅しているかのようだった。ジェレミーは隣にしばらくしゃがんで、痛みにあえぐエミリーを無言で眺めた。エミリーは意識が混濁し、ジェレミーが命綱であるかのようにしがみつきさえした。

ようやく一面の冷たい闇に置き去りにしたとき、エミリーはジェレミーを呼び止めた。戻ってきてくれと〝カル〟に呼びかけた。こんなところにひとりきりにしないでくれと懇願した。その泣き叫ぶ声がジェレミーの子守歌になり、短時間ながらも熟睡させてくれた。洗いたてのシャツを着る。白く、糊が利いている。時間をかけて歯を磨き、ブロンドの髪をていねいに整える。森に戻る途中、木道の厚板を踏む自分の足音に耳を傾ける。黒いブーツがそれを重々しく打ち鳴らしている。自分の近づいてくる音がエミリーに聞こえているだろうか、と考える。眠っているうちに、エミリーは疲れ果てて怯えた死体になってしまっただろうか。

「エミリー！」遠くに向かって叫ぶ。

少し待つ。答えるのはセミと鳥だけだ。

「まだ死んでいないよな？」ふたたび声を張りあげる。半分だけ冗談だ。愛するバイユーしか答えない。

歩みを速め、鬱蒼と茂る森にはいり、木道からはずれて、エミリーを置き去りにした境界線のフェンスへ向かう。気が急いていて、興奮している。

「エミリー、どうか許してくれないか」笑いを噛み殺しながら、甲高い声で言う。

フェンスの近くの開けた場所に歩み入り、エミリーを見つける。フェンスに背中から寄りかかり、ほとんど水平になっている。エミリーの後ろの金網が曲がり、大きな穴があいている。エミリーは微動だにしない。一瞬、死んだのかと思う。

そんな。それは困る。

急いで大股で近づき、目で探る。まだ死なせるわけにはいかない。計画全体が台無しになってしまう。エミリーはメッセージになるはずだったのに。警告になるはずだったのに。

身動きしない体のもとへ行き、目を凝らす。しゃがむと、目の前に横たわっているのがエミリーでないことが明らかになる。ケイティだ。

動悸に襲われながら、何があったかを推測する。

狙いをはずしたのだ。

ナイフが脊髄を切り損ねたにちがいない。昨夜、置き去りにしたとき、エミリーがまだ動けたのは明らかだ。考えが浮かんでは消え、ジェレミーは穴に腕を突っこむ。エミリーにしてやられた。ケイティを敷地のここまで引きずってきて、死体にフェンスの電流を吸収させたのだろう。ケイティの上の金網に付着した血に触れる。エミリーはケイティを電線管代わりに使い、その体の上を這って脱出した。電流はケイティの体を通してではほとんど効果がなかったはずだ。

立ちあがり、みずからが造った劇場の境界線の外に広がる丈の高い草と立ち並ぶ木々を見つめる。エミリーは逃げた。朝日に目を閉じ、用心に用心を重ねたことは不幸中の幸いだったと思う。エミリーはあの傷では遠くまで行けないし、行けたとしても、トロピカミドのおかげで目がろくに見えない。すぐに追いつける。だが、そう考えたところで、慰めにはならない。事態は一変してしまった。

22

レンが凍りついていたのは一瞬だけだ。すぐさま仕事にとりかかり、手袋をはめた手を伸ばして脈を探る。目を閉じて集中し、女の頸動脈を触診する。指を少しだけ押しこみ、生命徴候を懸命に感じとろうとする。そしてそれを感じとる。被害者の心周期のかすかな脈動が指先に伝わる。

レンの世界が鮮やかな色彩を帯びる。血走った目を救急隊員に向け、叫ぶ。「あなたたちの出番よ！　まだ脈がある！」

救急隊のふたりは即座に行動に移る。被害者の体を少し横に向け、シャツの腰のあたりに染みこんでいる黒っぽい血の出血源を見つける。

「頸椎に外傷がある」当初のショックから脱し、集中力とプロ意識を取り戻した救急隊員が報告する。「ただし、見たところ……手当てをしてある」

レンは耳を疑い、身を乗り出す。「なんですって？」

のぞきこむと、被害者の上背部の外傷を血まみれの包帯が覆っている。

「犯人が被害者の外傷に包帯を巻いたの？」わけがわからず、眉根を寄せて疑問を口にする。「これまでに一度だってそんなことはしていないのに。だいたい、これまでにそんなことをした殺人犯はひとりも思いつかない」

ルルーが首を横に振りながら、手の中でまだ鳴っているキッチンタイマーを切ろうとする。かたわらにいた警官が無言でそれを受けとり、音を止める。遠くで別の警官が部下たちに大声で命令し、現場を封鎖して応援を呼ぶよう言いつけている。

「被害者を運び出しましょう。何よりも先に状態を安定させなくては」救急隊員が指示する。

レンの手を借り、救急隊員たちは被害者を慎重に棺から出す。早くもいくつもの救命救急機器を被害者に装着しはじめていて、長年の訓練によって流れるように職務を遂行している。その間に棺の中をのぞきこんだレンは、片側に完全な人体骨格が押しこまれているのに気づいて鋭く息を呑む。被害者はこの棺にもともと納められていた人といっしょに埋められたということだ。棺に入れられたとき、被害者に意識があったかどうかは、まだなんとも言えない。長いあいだ生き埋めにされるという悪夢は考えるのも恐ろしい。ルルーに肩を軽く叩かれ、われに返る。

「蓋を見てみろ」ルルーは険しい声で言い、レンの目をのぞきこむ。

古びた板にでたらめに走る引っ掻き傷を見たとき、レンにとって最悪の恐怖は現実のものだったことがわかる。まるでホラー映画の一場面のようだ。たとえば《羊たちの沈黙》の。バッファロー・ビルは忌まわしい穴蔵に被害者を閉じこめたが、そこの石壁に剝がれた爪が突き刺さっていた場面はレンの記憶に焼きついている。いま、スクリーンの外で同様の現実と相対している。引っ掻き傷の一部には血でなぞったようなあとがあり、被害者の手を一瞥すれば、出血するまで爪を立てたり引っ掻いたりしたことがわかる。埋められてからしばらくのあいだ、被害者には意識があり、自分がどこにいるかを知っていた。どれくらい長くかはわからないが、自分にのしかかっている木の蓋を引っ掻いて穴をあけようとむなしく試みていた。蓋の向こう側には三フィートの土が待ち受けていることなどまったく知らなかったのかもしれない。

「被害者は生きている、ジョン」レンはようやく言うが、引っ掻き傷から目をそらせない。

「脈があって、だれが犯人かを知っている。重要なのはそこよ」

ルルーはネクタイをゆるめ、歯を食いしばる。しばらく前、その目には一縷（いちる）の希望の光があったが、それはとうに消え、敗北の動揺が代わりに現れている。

「きみだっておれと同じものを見たはずだ、マラー。被害者は死んだも同然だ。今夜のうちにきみのストレッチャーに横たわる結果になっても意外じゃない」吐き捨てるように言い、体をひねって土くれをおざなりに払い落とす。「犯人はおれたちをもてあそびやがった。おれたちはしてやられた」

レンは反論しない。脈を診たのは自分だし、それはよく言っても弱々しかった。被害者が意識を取り戻しても、その脳が何かを鮮明に思い出せるほどに回復する可能性はほとんどない。しかし、レンはそれを口に出さない。「そんなことはない。犯人はわたしたちをもてあそべなかった」

ルルーはすばやくレンに顔を向ける。「いまさらたわごとを言うな、マラー。おれたちをもてあそべなかっただって？　おれたちは犯人がわざと残したタイマーに急き立てられ、ばかみたいに駆けずりまわっただけだ。まさに犯人の思うつぼだった」

喧嘩腰の声だ。ルルーのそんな声は聞いたことがない。レンはルルーが怖くはなかったが、ルルーがどうなってしまうのかが怖くなる。ゆっくりと深く息を吸ってから答える。

「それはちがう、ジョン。犯人は被害者を死なせるつもりだった。わたしたちに偽りの希望を与え、時間切れにならないうちに棺の蓋をこじあけたのに、中には死んだ女がいるだけだったという展開にするつもりだった。それが犯人の計画で、そのとおりにはならなかった」ルルーの態度が和らいだので、つづける。「わたしたちが蓋をあけたら、中には生きている人間がいた。犯人の顔を見て、犯人の声を聞き、たぶん犯人のにおいも嗅いだ人間が。たとえ被害者が意識を取り戻したときにわたしたちを正しい方向に導くことができなくても、わたしたちが被害者を、人をひとり救ったという事実は変わらない。犯人はしくじった。これから何が起ころうとも、犯人がすでにしくじったのは確かよ」

レンはふたりで立っていた穴から這いあがると、腰をかがめてズボンから土を払う。ルルーは首を反らしてうめき、もとの自分を取り戻す。そして穴から出て、レンに従って門へ向かう。ふたりで歩調を合わせて進む。どちらも人命救助に奮闘したためにみすぼらしい姿になり、疲れている。レンが結っていた髪はさらにほどけ、もはやまとめてある髪のほうが少なくなっている。肌は赤らみ、汗と土のペーストで覆われている。ルルーの髪も乱れ、湿っている。ワイシャツは汗みずくだ。その場から歩み去りながら、ふたりともきょうの努力にはいくらかの価値があったと信じようとする。

「犯人はちがう展開にするつもりだった、犯人にとっては大成功ではなかった、と考えると胸がすくな」ルルーは認める。「それでも、参加賞のようなものだ。棚に飾ることはできるし、いっときの自己満足には浸れるが、本物の賞とはまるでちがう。本物の勝利とは。犯人の逮捕にはまったく近づいていない。罪もない人の命がさらに奪われたら、おれの責任だ」

第二部

23

ジェレミーは近くの墓石に寄りかかる。けさは湿っぽく、額に噴き出た汗を腕で拭いながら、首を反らして頭上に広がる青空を見あげる。セント・ルイス墓地は観光客だらけのときでも静かだ。警察が被害者を掘り出し、犯人に失敗の汚名を着せてから一日経ったいま、この墓地は生者の世界からいっそう孤立して感じられる。

ニューオーリンズの埋葬は昔から伝説に包まれている。この街は不幸にも地下水面(ウォーターテーブル)のすぐ上に位置しているため、地面が新しい死者にとって最も安眠しにくい場所のひとつになっている。地中に埋められた棺に水が溜まり、やがてごく小規模の洪水でも地上に押しあげられてしまうからだ。昔の墓掘り人は重りを加えて死者が浮かばないようにしたが、結局のところ、十中八九は増水の圧力に負けた。棺がニューオーリンズの街路を漂流しはじめる事態になると、さすがに手を打たなければならなくなった。現在では、故人は地面より上に埋葬されている。いくつもの墓が入り組んで並ぶこの墓地は不気味な雰囲気を作り出し、死者の街という別名を与えられている。ブードゥー教の有名な司祭だったマリー・ラヴォーは、いみじくもここを故郷と呼んだ。何年も前から観光客はラヴォーの死体が納められた石造りの構造物に×印を三つ書いているが、これは自分のかないそうもない夢をラヴォーにかなえてもらうためのまじないだという。

現在、この墓地は立入禁止になっている。野蛮人たちが崩れかけた墓に押し寄せた結果、ニューオーリンズ大司教区は厳しい規則を定めた。崩れゆく墓には独特の美があるが、そのひとつに注目が集まれば、怖いもの見たさののぞき見が大々的におこなわれかねず、大昔の布地の残骸を少し身にまとっただけの関節のはずれた骸骨が人目にさらされてしまうかもしれない。街は死者の尊厳を守るために慌てて対応したわけだ。

しかし、ジェレミーは塀を乗り越えるという単純な行為によって、この禁域に侵入した。この前、同じ時間にここを訪れたときは、こちらに向けられた防犯カメラを壊してから、あの女を門から引きずりこみ、手早く地中に埋めなければならなかった。下調べはしてあった。この一角が古い地下埋葬型の墓であり、いったん墓地の塀の中に忍びこんでしまえば、湿った土を掘って浅い墓を造るのはたやすいと知っていた。朽ちかけた棺の蓋をこじあけ、木を引き裂き、ばらばらになった骨を片側に寄せ、追加の被葬者を中に入れたことは覚えている。ただし、何よりもよく覚えているのは、他人の墓にその女を埋葬する前に、小さく壊れやすそうなブレスレットをポケットから慎重に出し、女の左手首にはめたときの快感だ。

殺人犯は犯行現場に戻ってくるという決まり文句を思い出し、ここ数時間はずっと落胆していたにもかかわらず、少しおかしみを感じる。ジャズ・フェスティバルの会場に戻ってくるよりは、この墓地の怪奇で荘厳な美の中で生ける決まり文句になるほうがはるかにましだ。

まわりで騒がしく飲み食いし、笑っていた人々の群れを思い返す。蒸し暑かったが、微風が吹いていたおかげで、暑さが苦手な人々もエアコンが作り出す人工の快適な空間から、午後も誘い出されていた。腐肉の吐き気を催す甘いにおいと、フェスティバルの料理のきついにおいが混ざり合う中、ジェレミーは安心と自信を感じていた。腐りはじめてから二日が経った悪臭が、砂糖をまぶしたベニエや世界一のガンボスープのかぐわしいにおいに打ち勝ちつつあり、群衆の何人かがそれに気づいたのを目にして悦に入ったのを覚えている。見えずとも、においが女の隠し場所を教えていた。女はステージの下から手を伸ばしていた――もう悲鳴をあげられなくなっても、うるさく訴えつづけていた。期待で胸が膨らんだ。

目を閉じると女の姿が脳裏に浮かぶ。あの暗いバイユーで最後の希望も潰え、恐怖で血走っていた女の目が。その後、目から光が消え、まぶたが重たげに垂れて、眠そうな半開きになった。唇のあいだの細くくっきりとした線も力なくゆるんだ。何か言いたいのに言えないかのように。死者は永遠に沈黙する。それは臨床的に意味のある組織の形骸にすぎず、死体遺棄現場や解剖台に横たわる前にどんな目に遭ったのかをありのままに伝えるすべはない。死ぬ前の完全な孤独は自分に死が迫らないかぎりはわからない。生理学的には、心停止後に何が起こるかは正確に説明できるが、命を他人に奪われると悟ったときの、魂から流れ出る苦悩は説明できない。

人けのない墓地を歩きながら、そうした記憶を胸に刻み、はじめて慎重に計画を立てて以来のすべての失敗を受け止める。もっと大きな使命があると自分に言い聞かせる。七年近く前にはじめ、二度と見失ってはならない使命がある。もう過ちは許されない。

24

病院を出てからほんの数時間で連絡があった。被害者は呼吸困難に陥り、やがて窒息死したという。呼び出された医師と看護師は人工呼吸を試みたが、被害者の肉体はもたなかった。死亡診断書によれば、第六頸椎の付近に刺傷があり、脊髄神経根が切断されていた。被害者は少なくとも下半身が麻痺していたことになる。この情報を知ったとき、レンは思わず脚が震えた。

医師はまた、レンの推測どおり、犯人がみずから負わせた傷を手当てしていたことも報告した。出血量は手当てしなかった場合の予想よりも少なかったため、それが死因になったとは考えにくかった。血液検査の結果、被害者の死の真相が明らかになった。体内から相当量のドクニンジンが検出され、生き埋めにされる前に静脈注射されたと考えられた。犯人がとりかかった仕事をドクニンジンが仕上げたわけだ。この分析をはじめて読んだとき、レンは長いこと考えこんだ。ドクニンジンは文字どおり毒物であり、犯人がこのような形でそれを使ったことは何を意味するのだろうか、と。

いま、その死体が解剖室の冷たい台の上に横たわっている。病院で会った両親の顔を思い出さずにいられない。涙に濡れた頬と疲れた目が記憶に焼きついている。娘がどれほどの恐怖に耐えたか、何を見て、何を感じ、何に苦しんだかを知ったら、その悲嘆はいかばかりかと思う。この犯人の犯罪は空気感染するウィルスにも似て、主たる標的に至るまでにあらゆる人々に感染する。犯人にとっては付随的損害にすぎなくても、かかわった現実の人々にとってはすべての細胞を破壊されるようなものだ。娘が生きて戻ってきたのは一瞬だけで、両親の希望ははかなく潰えた。とはいえ、死が唯一の救いになるときもある。

被害者の所持品がはいった緑色の袋から中身を出す。数時間前に被害者が息を引きとると、病院から監察医務院に届けられたものだ。中身が鋼鉄製の台の、死体の横にこぼれ出る。はいっていた品は多くない。汚れて染みのついた着衣は、救急救命室で医師たちが救命処置をおこなったときに体から切りとられている。切り裂かれた白いTシャツの後ろ身ごろは古い血で茶色くなっている。右袖には乾いた嘔吐物が付着しているが、これは意識を失ったあとにしたたり落ちたのだろう。ジーンズには泥がこびりついている。被害者が早すぎる死を迎える前に何をされたのか、正確に突き止めなければならないと決意するが、真実を知ることが恐ろしくもある。この被害者の意識がはっきりしていた最後の数時間は、ホラー映画の監督ですら理解のおよばない恐怖に満ちていたにちがいない。

着衣をどけ、袋から出した品に視線を戻す。あとひとつしかない。被害者が搬送された際の所持品は、ほかにはブレスレットだけだ。いっしょに届けられた死亡診断書によれば、被害者の左手首からはずされている。そのアクセサリーに目が釘付けになる。優美なブレスレットで、本物の心臓をかたどった銀のチャームがぶらさがり、その片側に小さなEの字が彫りこまれている。わが目を疑うかのように、瞳が焦点を合わせることを繰り返す。手袋をはめた手で触れる。それがいまこの部屋に実在することを証明するためであり、指が通り抜けることを半ば期待する。けれども、指が冷たい金属に触れる。まずはチャームに、それから手首に巻く部分に。本物だ。実在する。

思考が千々に乱れる。判読できない模様を描いて脳裏を駆けめぐる。頭の中で、傷のついたCDがいつまでも音飛びしているようだ。このブレスレットは知っている。別の人生で、自分のものだった。いま、ふだんは自分が最も有能で優秀に感じられる場所に立ち、このブレスレットを身に着けていたかつての自分からは何光年も離れた場所にいながら、それをふたたび手にしている。

このブレスレットはエミリー・マローニーのものだ。

このブレスレットはレン・マラーのものだ。

25

なぜ自分の華々しい復活が出だしからこれほどつまずいてしまったのかと、ジェレミーは考えずにはいられない。七年だ。七年もかけて計画し、骨を折ったのに、こんなにも納得のいかない結果になってしまった。昨日、愉快な観察地点になるはずだった場所から、目を覆いたくなるような展開を眺めていた。墓地の外に隠れ、自分の計画が瓦解するのを何もできずに傍観するしかなかった。失敗はだれにとっても呑みやすい薬ではないが、ジェレミーにとってそれはガラスの破片を呑みこむのに等しい。人生の大半で失敗をうまく避けてきたのに、いまはどういうわけかそれにまみれている。

計画は細心の注意を払って立てた。自分の事件をはじめから担当している者たちの特定の記憶を呼び覚ますべく、被害者と殺害方法を選んだ。残した手がかりはわかりにくいものだけにはしなかった。女のひとりの喉に押しこんだ『最も危険なゲーム』の数ページなどは、わかりやすすぎて笑えるほどだった。自分をつかまえたくて必死のあの小者たちに力を見せつけるのは傲慢だったかもしれないが、エミリーに呼びかけることが何より大事だった。以前の人生を、本物の人生を思い出させたかった。暗い沼地を逃げまわるだけの怯えた小さなウサギだったあの場所に、エミリーが頭の中で戻っているのが感じとれそうだった。

これほどの年月が経っても、エミリーを取り逃した事実は、何よりも執拗に頭に付きまとっている。七年前のあの朝、みずから造った劇場に歩み入り、目の前に延びるエミリーの脱出路を見たときは耐えがたかった――ただちにマットとケイティの死体を処分し、実験の痕跡を残らず消し去らなければならなかったからではない。何年もその失敗をかかえて生きなければならなかったからだ。その間、腕に磨きをかけ、二度とこんな思いをするまいと肝に銘じただけでなく、最後にエミリーの命を奪うのはこの自分だと胸に刻んだ。エミリーの死はこの手で演出するのだ、と。

いま、入念に計画した新たな見せ場も台無しになったのを目にして、腹が立っている。人形劇で糸を強く引きすぎた。引っ張られた糸がすり切れ、幕の後ろにいる者をさらけ出したようなものだ。完璧に近い場面だったし、意図したとおりの仕上がりに近い劇だったのに。

まだ取り返しはつくし、やらなければならないことがある。だがいまは、記憶に新しい、地面に繰り返し突き刺されるシャベルの心地よい音だけが頭の中に響いている。苦しげな速い息遣い。青い防水シートの内側にいる一団のうめきとあえぎ。警官と救急隊員が墓地の泥だらけになりながら、腕と手を使って土をすくっていると、七十代らしき老人がシャベルを二本持って野次馬の前に遠慮がちに進み出た。そのような裏表のない親切が示されるのはきわめて珍しく、ジェレミーも記憶にあるかぎりではじめて目にしたが、民間人の予想外の協力があっても、いまにも悲惨な結末を迎えるはずだと信じていた。

危険な賭けだったのは確かだ。これほどのことをするには思いきった決断が必要になるが、それでも決断した。キッチンタイマーが時鐘のごとく鳴り、場ちがいな冗談のように静寂に響き渡ったときは多幸感を覚えた。その音は生々しく、際立っていた。通りに体を向け、満ち足りた恋人のように墓地の塀に寄りかかった。

しかし、言うまでもなく、その後の展開がそれまでに感じていた満足をことごとく打ち消した。

〝あなたたちの出番よ！　まだ脈がある！〟

あの台詞が頭から離れない。一日経っても、エミリーが切羽詰まった口調でそう叫ぶ声が何度でも脳裏によみがえる。あの台詞はいわば矢であり、エミリーはそれを矢筒から抜き、熟練の射手並みの力で弓を引いて放った。それがいまでも体に突き刺さっている。

最初は焦った。思いがけず生き延びたあの女は自分の顔を見ているし、名前も、偽名すらも知っていると思ったからだ。だが、たとえ女が麻痺と重度の酸素欠乏に耐えたとしても、この身に真の危険が迫るほど、精神状態が健全なはずはないとすぐに思い直し、大丈夫だと自分に言い聞かせた。あの小さな箱の中で筋肉が痙攣し、ほぼずっと発作に襲われていたのだから、持続的な神経学的損傷を負っただろう。つまり女の脳は壊れている。

それに加え、計画が最初の青写真からいささかも逸脱せずに実現するなど、めったにないことだと知っている。だからこそ、非常事態対策が計画に組みこまれる。永眠の地になりそうでならなかった場所に埋める前、あの女が眠っているあいだに、ドクニンジンを注射しておいてよかったと思った。もちろん、掘り出したらもう死んでいたという展開のほうが望ましかったが、みじめな失敗よりも非常事態対策のほうがましだ。ドクニンジンは女の血管をめぐり、呼吸不全が仕事を終わらせてくれた。

ちょうどソクラテスのように。

ソクラテスは七十歳のとき、アテネの神々を信じない罪と、若者を堕落させた罪を犯したとして、裁判にかけられた。自分と同等の地位の陪審員たちから、どちらの罪でも有罪の評決をくだされ、みずからの処刑人となるよう命じられた。古代ギリシャはとにかく芝居がかっていた。ソクラテスはすぐに独房に連れていかれ、ドクニンジン入りの茶を渡された。飲んだら、脚が体重を支えられなくなるまで歩きまわるよう言われた。歴史が伝えるところによれば、ソクラテスは従容として死に就いたとされる。平然と言われるがままにしたと。しかし、ジェレミーはドクニンジンが実際にはどんな惨事をもたらすか知っている――嘔吐し、発作に襲われ、呼吸不全を起こす。だからあの女で歴史が繰り返されるのを見届けられたのは喜ばしい。

過去の失敗にとらわれるのは健全でないことはわかっている。執着が高じて不注意になりかけているのは自覚しているが、地面へ向かって真っ逆さまに降下する飛行機さながらに、自分を抑えられずにいる。

26

ミソサザイは実にすばらしい小動物だ。再生と保護、不死、強さの象徴とされる。体が小さいため、もっと大型の鳥や捕食動物はその驚くべき創意や知恵を過小評価する。しかし、華奢な体格にもかかわらず、危険が迫ると、油断した捕食動物を出し抜き、勝利を収める。

自分の名前にこれを選んだのは、こうした理由からだ。

七年前、レン・マラーはエミリー・マローニーであり、医師をめざして着実に努力していた。人を信じやすく、うぶで、じきに自分を襲う恐怖に、おめでたいほど気づいていなかった。いいカモだったということだ。そして薬物を打たれ、拉致され、狩りの獲物にされ、ナイフで刺され、もう死ぬものと見なされて、人里離れたバイユーに——いまだにその場所を地図で特定できずにいる——放置された。実験パートナーにして友人を演じていたサディスティックな殺人犯によって。

最初は、いくつもの兆しを見落としていた自分を責めた。何度も何度も頭の中で思い返した。何時間にも思えるあいだ、ぼやけてひりつく目に苦しみながら、地面の上で待っていたことを。背中がうずき、激しい頭痛に襲われていたことを。カルが戻ってくるのではないかという恐怖で動けなかったことを。その恐怖が胆汁のように喉にこみあげ、それに押し包まれて溺れそうだと思ったのも覚えている。しかし、やがて恐怖は薄れた。カルによって心身に加えられた拷問は癒えた。生き延びることを学び、最終的には、乗り越えることを学んだ。

それなのに、カルのゆがんだ笑みにまたしても苦しめられている。

時をさかのぼり、またあの呪われた広大なバイユーで、血まみれであざだらけの自分が、背中を探って下背部の深手にさわる姿がよみがえる。カルは狙いをはずした。脊髄を切り損ね、傷を負わせはしたが、意図したようには麻痺させられなかった。結局のところ、ふたりとも医学校のまだ二年生だったからだろう。ぬかるんだ地面の上で、ケイティの死体を引きずったのを覚えている。その夜はまぶたが紙やすりになったようだったが、アドレナリンの力で、息が詰まるほどの痛みにも、激しい疲労にも耐えた。フェンスを無事に抜けるためには、電流の流れる道筋を変えなければならないことはわかっていた。力を振り絞り、ケイティの生気の抜けた死体をフェンスに突っこませた。どんな気分でケイティの死体を越えていったのかは覚えていないが、脳が自衛のために感覚記憶をすべては残しておかないことに胸のうちで感謝している。ただし、走ったことは覚えている。何マイルも走った。水中を走っているかのようだった。

目をしばたたき、頭の中を駆けめぐる記憶を振り払い、唾を呑む。

これでわかった。カルがバイユー・ブッチャーとしてふたたび現れたのだ。カルは自分の前に数人の男女を殺害しているが、また犯行を再開している。右手の手袋をすばやくはずし、携帯電話をつかむ。

「ジョン」名前を言ったとき、泣き声が喉に詰まる。「ここへ向かっているところ？」

背景で車の走行音が聞こえる。

「ああ、五分ほどで着くはずだ。どうした？」

心配そうな声だ。叫びたい衝動に駆られる。バイユー・ブッチャーの正体がわかった、あの男が戻ってきた証拠がある、と。息を乱し、ブレスレットに目をやる。

「わたしなら大丈夫。ここに来たら、伝えないといけない情報がある。重大なことよ。心の準備をしてもらいたかっただけ」早口すぎたが、このショットガンから放たれた衝撃の事実によろめくばかりで、気を落ち着かせることができない。

「そこから動くなよ。いま行く」ルルーはやさしく言うが、トレードマークの鋼(はがね)のような精神力は相変わらずだ。

回線が切れ、レンは電話を前の鋼鉄製の台に置く。静かな解剖室で、自分の息遣いにしばらく耳を傾ける。やがて解剖用メスホルダーを持つ。慎重に替え刃の包装を解き、正しい位置までホルダーに差しこむ。

「体表観察が終わっていないのに」被害者に話しかけるように、声に出して言う。

被害者の胴体に掛けられた布にメスを置いてから、新しい手袋をはめ、フェイスシールドを装着する。布を引きおろし、右肩の上にメスを持っていき、いまにもY字切開をはじめようとする。刃を青ざめた肉に沈める前に、手を止める。

「あなたの犠牲をむだにはしないから、エマ」強調するために被害者の名前を出して約束する。病院の死体安置所で、エマの両親が冷たくなった娘の手を握りながら、この名前を呼んでいたときの苦悶に満ちた声がまだ耳に残っている。「わたしのエマを大切に扱って」と母親は懇願していた。

リセットボタンを押すように、目を固くつぶる。「わたしはあなたの声を聞くためにここにいる」

涙がこみあげるが、強く瞬きしてこらえる。体表観察は監察医や検死官がおざなりにしていいものではない。検死ではきわめて重要だ。いったんメスを入れたら、何もかも変わってしまう。この事件に自分が個人的に関係しているからといって、課せられた職務をないがしろにするわけにはいかない。いまはエマが話すときであって、レンが悲しむときではない。

エマの頭部からはじめ、手袋をはめた手で、からみ合った髪を額からやさしく払う。目は半開きで、いまにも眠りに落ちそうな顔に見える。まぶたが垂れていても、生前は瞳が鮮やかな青だったことは明らかだ。一度見たら忘れなかっただろう。いまはもう、それは濁り、曇っている。表面が白濁し、幽霊の目のようになっている。死の望まぬ副産物だが、こういう目だと決まっていっそう受け入れがたくなる。まぶたを少し持ちあげ、点状出血の徴候を探す。首を絞められて苦しむと眼球の内部や周辺の毛細血管が破綻するのだが、その徴候は見られない。

その事実を考えると、動悸に襲われ、手が震えだす。ずっと我慢していたが、一瞬だけ屈し、喉を詰まらせる。声をあげて泣きじゃくるだけでも重圧が消えることはあるが、代わりに背筋を伸ばす。よけいな考えを振り払い、つぎの観察部位に手を動かす。

エマの顔には挿管チューブがまだ貼りつけられている。それを念入りに調べてから、ゆっくりと喉から抜く。チューブを引きながら、それを固定しているテープをていねいに剥がす。閉じこめられていた空気がエマの口から吹き出し、小さく息の漏れる音を立てる—

―訓練されていない耳には、これは生命徴候だと誤解されやすい。少しのあいだ手を止め、《羊たちの沈黙》の一場面を思い出す。法医病理学者が、バッファロー・ビルに殺害された被害者の喉から、ドクロメンガタスズメの繭(まゆ)を取り出す場面だ。繭を取り出すときに閉じこめられていた空気が漏れると、レンは決まって身震いしたものだが、人体とその死後の経過に早くから魅せられたのは、この場面がひと役買っている。

エマの両腕には軽い打撲傷が点在している。生き埋めにされたあと、地下の牢獄から脱出しようとした結果だと見てまちがいない。何かで殴打されたときの外傷とは一致しない。図に打撲傷の位置を描きこんでから、エマの手を取り、爪が割れていることに注目する。この裂けた爪は、棺の中で目覚めた被害者がそこから出ようとして必死に爪を立てたことを無情にも物語っている。爪の下からサンプルを採取する。この犯人は自分のDNAを被害者の爪の下に残したまま、死体安置所に送りこむようなことはけっしてしない。それはすでにわかっている。だとしても、検死でこれは欠かせない。勤勉は思いもよらないときに報われるものだ。

脚に移る。エマの両親は、話を聞いてくれる医師や看護師に、この脚のことを誇らしげに語っていた。エマは颯爽と走るランナーだったそうで、父親は目に涙を溜めながら、娘が子供のころ、夜のランニングに付き合ってくれたと話していた。励まし合い、力づけ合ったことを語るその声は途切れがちだった。絆を結んだ夜のひとときがエマの情熱の対象に育っていったことを父親が喜んでいるのは明らかだった。レンがもたらした、エマは少なくとも下半身が麻痺している可能性が高いという知らせは、両親にとってあまりにも残酷だった。娘が失ったものの大きさに嘆き悲しむのは両親の権利だと思ったから、レンはふたりの前では取り乱さなかったが、その夜のうちにとうとう重みに押し潰され、暗いリビングルームで熱い涙が止めどなく流れるに任せた。

もう舗装路を蹴ることはできなくなったとはいえ、エマの脚は強靭なままだ。ランナーらしい大腿四頭筋の手応えがはっきりとある。長年のトレーニングによって形作られた、長くしなやかな筋肉が見てとれる。皮膚に傷が縦横に走っているが、これは木が密生する場所を駆け抜けたからだろう。靴を履かずに劣悪な環境を進んだらしく、足にも裂傷がある。同様の外傷は複数の被害者で見たことがある。自分も含めて。頭からその映像を振り払う。

「あなたはどこにいたの？」エマの左足の側面にできた大きな擦過傷を親指でこすりながら尋ねる。「わたしが連れていかれたところに、あなたも連れていかれたの？」

ルルーが廊下を歩いてくる音が聞こえる。何人かの技師と冗談を交わすその声が廊下に響いている。まわりも釣られて笑ってしまうような笑い声をあげていて、レンの混乱した思考がとたんに整理される。ルルーが解剖室に通じるスライド式ドアの開閉ボタンを押す。

「さて、マラー、どうした？」ドアを抜けながら訊く。ほんとうに心配そうな顔をしているが、レンはどの爆弾から先に落とそうかと思い悩む。エマの体表観察を記録している金属製のクリップボードを持ったまま、ルルーのほうに向き直る。

「ジョン、犯人がどこで被害者たちを追いまわしているのか、警察は何か手がかりをつかんでいるの？」質問に対して質問で答える。

「事件の話をしてほんとうに大丈夫なのか？」

レンは咳払いし、前に手を伸ばして冷たい金属製の台を握る。

そしてうなずく。「自分のことは自分がいちばんよくわかっている」

ルルーは回転スツールに腰をおろす。

「最近の被害者の全員に、密林を走ったときにできそうな傷があったことをきみが指摘してから、われわれも注目はしていた。犯人が追跡、というより狩りに執着しているのは明らかだ」ことばを切り、息継ぎしてからつづける。「だが、どこならそれができるかは、突き止められずにいる」

「犯人の支配下にある環境のはずよね」レンはルルーの考えをまとめる。ルルーは微笑する。

「そのとおりだ。犯人はこの責め苦のすべてを支配しているに決まっている。脱出される恐れなしに、自分の思いどおりのことができる場所のはずだ。犯人にとっては見せかけの危険しかない」

「犯人は家を持っている」レンはルルーを見ずに言い、ルルーは同意してうなずく。

「それはまちがいない。手入れをされた裏庭を走ってもあんな傷はつかないから、未開発の相当広い土地を持っているにちがいない」

ルルーは立ちあがり、ポケットに両手を突っこむ。何かを熟慮しているときによくやるしぐさだ。うろつきはじめ、ときどき足を止めて解剖模型を眺めている。レンは唾を呑みこむ。

「犯人は親の家を相続したのよ」ささやくのとほとんど変わらない声で、ようやく言う。

「つぎにそんなふうに結論に飛びつくときは、ちゃんとストレッチをしてからにしろよ！」ルルーは含み笑いをし、額に皺を寄せてレンを見る。

レンは唇を噛み、理路整然と情報を伝えられるように、少し時間をかけて考えをまとめる。やがてルルーに顔を向ける。

「根拠もなく言っているのではないの、ジョン。わたしはだれがこんなことをしているか知っている」

信じられないというふうに、ルルーが顔をゆがめて苦笑する。

「なんだって？　マラー、電話で話していたのはそのことなのか？」

「一部はね。わたしはこの男を知っている——有能で、頭が切れ、死んだ両親の土地で現在は暮らしていると思う」レンがルルーを見ると、自分は飛べるのだと言われたような顔をしている。「犯人はカルよ」

「カル？　カルとはいったいだれのことだ？　おれが知っている人物なのか？　ラストネームは？」ルルーはつかえながら言う。

「ジョン、七年前、バイユー・ブッチャーから逃げ延びた女がいたのを覚えている？」

「ああ、エミリー某だ。父のファイルにその女性のことが載っていたのは覚えている。それとこれとになんの関係がある？」

レンは息を吸い、ルルーと目を合わせる。「その女の姓はマローニー。わたしのことよ。わたしがエミリー・マローニーなの」

亡霊がこの部屋にはいってきたかのようだ。ルルーはことばを失い、顔面蒼白になっている。視線をさげ、見るからに頭の中ですべてをつなぎ合わせようとしている。それから改めてレンを見て、目の表情からほんとうなのかを確認しようとする。レンはうなずく。

ルルーは何も言わず、レンの心が決まったら話をつづけられるように間をとる。

「知ってのとおり、マラーはわたしの結婚後のラストネームで、その、わたしは昔から鳥のミソサザイに心を引かれていたのよ。だから本名の代わりに使うのにうってつけだと思った」

ルルーはあえぎながら息をつき、不信の笑みを浮かべかける。

「きみにぴったりの名前だ」とようやく言う。

「ありがとう、ジョン」レンは急に気が楽になったように感じ、表情を和らげて唇をすぼめる。

「父があの事件を調べていた」ルルーは言い、気持ちを落ち着かせようとする。

「そうよ。あなたのお父さんのことはよく覚えている。わたしの話に耳を傾け、本気で信じてくれたのはお父さんだけだった」レンは語り、スツールに腰をおろして目を固くつぶる。「わたしから事情を聴取した警官たちは、わたしが薬物でもやっているか、トラウマで混乱しているだけだと思った。わたしはどこで犯行がおこなわれたかも教えられなかった。そこで意識を取り戻したときには目がほとんど見えなかったし、脱出してからは何マイルもやみくもに走ったから。同じ郡の中なのかさえわからなかった。わたしは捜査の役に立たず、警官たちは怒っていた」

ルルーは考えをめぐらしているように見える。何か言いかけて思いとどまる。

レンはつづける。「ブッチャーはブロンドだとほかの目撃者は言っていたらしいけど、わたしの話とは一致しなかった」

「すまない、マラー。なんと言えばいいのか」

「わたしと知り合ったとき、あの男は髪を茶色く染めていたとしか考えられない。警察にもそう言ったのに、相手にされなかった！」

レンはこらえきれずにすすり泣き、前によろめいてルルーの腕の中に飛びこむ。ルルーはレンを抱きとめ、ふたりで崩れるように床にすわりこむ。

「ほんとうにすまない、マラー。ほんとうにすまない」冷たい床の上で体を揺らしながら、ルルーは何度も言う。

「あなたが謝らなくてもいい、ジョン」レンは答え、目をこすって気を取り直す。「もう過ぎた話だから。受け入れて生きていくことを学んだから。でも、あの男が戻ってきたのよ、ルルー。わたしはそれを知っている。カルがバイユー・ブッチャーとしてふたたび現れたのよ」

表情を消した冷静な態度でルルーと視線を合わせてから、立ちあがって室内を歩く。ルルーが身を起こすと、レンはブレスレットを持ってそばに来る。差し出した手のひらに落とされたそれを、ルルーは二度ひっくり返す。

「E」チャームをためつすがめつしながら言う。

「エミリーのEよ」レンは補足する。「わたしのブレスレット。拉致された夜に奪われた。エマの所持品の中にあった。わたしに見つけさせたくて、あの男が残したのよ」

「くそ」

ルルーはまたへたりこみそうになるが、持ちこたえる。手のひらの上でブレスレットをさらにひっくり返し、鼻筋をつまむ。

「それはともかく、同じ講義を受けていたときに聞いたことがあるんだけど、カルには年配の母親がいた。病気がちで、寝たきりらしかった。親子で古い家と広い土地を所有していると話していたのを覚えている。あの男はその家が大のお気に入りだった。きっとそこにあの男は被害者たちを連れこんでいる。わたしもそこに連れこまれた」

ルルーはうなずく。視線をさまよわせながら、情報を吸収している。

「フィリップ・トルドー！」不意にレンは口走り、ルルーに顔を向ける。ルルーは顔をしかめる。

「え？」

レンはつづける。「フィリップ・トルドーというのは、図書館の帯出カードに記されていた名前のこと。被害者のひとりの近くで発見された本にはさまれていた」

「ああ、そうだった、マサチューセッツ州に住んでいる人物だな。覚えているよ」

「この名前には聞き覚えがあるとわたしは言ったわよね。あの夜は必死に頭を働かせた。この名前がずっと頭から離れないのに、思い出せなくて」

「もったいをつけないでくれ、マラー」

レンは手を振ってルルーの文句を退け、話をつづける。「フィリップ・トルドーは、カルの子供のころの親友よ。小さいころにマサチューセッツ州に引っ越した。何かの講義のあと、そういう話を聞いた。そんな昔のことにこだわるのは変だったから、記憶に残っているの。もう一度フィリップ・トルドーから話を聞けば、きっと裏づけがとれる。あの本に、このブレスレット。どちらも合図だったのよ。あの男はずっとわたしに呼びかけていた」

「死体遺棄現場にきみの名刺が残されていたことも忘れるな。これで一気に筋が通ったぞ」

「フィリップ・トルドーに連絡して。カルを知っているか確認して」レンは指示する。「待って、ジョン、ジェレミーという名前を出したほうがいいかもしれない。ほかの被害者たちはあの男をジェレミーと呼んでいたから」

ルルーはうなずき、いったんやりとりを終えて、この最後の情報を吸収する。「大丈夫か？」と率直に訊く。「大丈夫じゃなくて当然なんだが」

レンは口もとをゆるめるが、目は笑っていない。

「大丈夫じゃない。でも、この事件がようやく解決したら、そのときは大丈夫よ」

ふたりはしばらく沈黙する。心地よく、安心を誘う沈黙だ。

「ねえ、あの本から破りとられていたのはなんという章だったか、突き止めたの？　セヴン・シスターズ・スワンプの死体遺棄現場にあった本のことよ」レンはルルーを見ず、エマに視線を向けつづける。

ルルーは唇をすぼめ、この問いの重要性に気づく。「突き止めた」と答えると、レンはようやくまた目を合わせる。

「なんという章だったの？」

「『最も危険なゲーム』だ」ルルーは目をそらさず、率直に答える。

レンは苦笑してかぶりを振る。「ありきたりすぎてくだらない」

ルルーもつい軽く笑ってしまう。それから咳払いをする。

「この事件を解決するぞ、レン」ルルーは静かに言い、敢えてファーストネームを使う。

「おれはトルドーと話し、カルあるいはジェレミーの居所を探ってみる」

台に歩み寄り、スーツの上着を手に取る。

「それはそうと、もしこの事件をほかのだれかに任せたいのなら、そうしてくれ。一気にきみ自身とあまりに関係が深くなってしまったからな」

「ふだんなら反論するところだけど」レンはため息をつくと、解剖用メスホルダーから替え刃をはずし、鋭利な感染性廃棄物用の赤い容器に落とす。「でも、あなたの言うとおりだと思う。エマのために最善を尽くさなければいけないのに、いまのわたしでは最善を尽くせない」

ルルーは部屋を横切ってレンの腕を握る。レンは右手の手袋をはずす。壁掛け電話の受話器を手に取り、エマの解剖をやり遂げてくれる別の技師を呼び出す。

27

ジェレミーが自制心を失っていると感じることはめったにない。忍耐力があるからだ。自分を律し、計画を立てられるからだ。だが今夜は、その力のどれも働いていない。今夜は怒りしかない。〈オグレイディーズ・パブ〉の外に停めた車の中ですわり、前方を見つめている。その目には、今夜ひとつだけ残された逃げ道が映っている。先日のひどい誤算が頭から離れない。圧力鍋のように胸がざわついている。うまくいくはずだったのに。劇的な演出に、ウィニングランになるはずだったのに。だが、あの女に見せ場を奪われた。あの女がドクニンジンで死んだかどうかは関係ない。できるものなら、時をさかのぼってあの女の首を叩き切り、この鬱憤を晴らしたいが、それはできない。

だから狩りをする。

午前一時三十分をまわったから、そろそろラストオーダーだろう。この時間はだれかを家に連れこむのにあつらえ向きだ。最も慎重な者でさえ羽目をはずしたくなるほど遅く、それでいてまだ頭がまともに働く者をつかまえられるほど早い。探しているのは射撃訓練の人型標的ではない。逃げる脚のある新たなウサギだ。

バックミラーに映った自分の顔をすばやく確かめる。目が充血しているが、暗いバーでそこから精神状態を読みとられることはないだろう。額に垂れたひと房の髪をていねいにもとに戻し、店内へ向かう。

この時間でもバーは混み合っている。安っぽい香水と、もっと安っぽいコロンのにおいがきつい。照明が赤い色合いを加えていて、ひと間のバーを地獄の下層に似せている。残っている常連客は二種類に分けられる。カウンターの端のほうにはひとり客が何人かすわっていて、身を守るように背中をまるめ、混雑した空間でなぜかひとりきりになりたがっている。目当てはこういう連中ではない。それとは別に、必死にというほどではなくても、だれかの気を引きたがっている者たちがいる。こういう連中に対しては、ほとんどの場合、お世辞を言う必要もないし、紳士的な態度を装う必要もない。自己嫌悪をまぎらわしてくれる快楽を約束するだけでいい。それならお手のものだ。

店内の端のほうに立っている客たちには見向きもせず、カウンターに直行する。滑りこむように椅子にすわり、店内をすばやく見まわす。スツールを三つほどはさんで、右側にすわっている女に目が留まる。二十代半ばか後半のようだが、短い人生であまりにも多くものを見てきたかのように、やつれた印象を受ける。茶色い髪は限界までまっすぐにされ、肩の少し下で毛先がきつくはねている。青いストラップレスワンピースを直す無作法なしぐさがまず目を引いた。ワンピースの胸もとに片手を手首まで突っこんでいたからだ。嫌悪しか感じない。必死さが紫煙のように漂い、安物の香水のように身にまとっている思いあがった妄想と混ざり合っている。今夜、自分がその夢をかなえてやる。

指を一本立ててバーテンダーに合図する。バーデンターがゆっくりと近づいてくる。

「何にします？」ズボンで手を拭いながらバーテンダーが訊く。

「あの人は何を飲んでいる？」

バーテンダーはジェレミーが指差す先を見ると、目を細めて笑う。「あのお客さんはよっぽどコスモポリタンが好きみたいですね」いたずらっぽい笑みを浮かべてジェレミーを見返し、カウンターに肘を突く。「ウィスキーでもごちそうして、効き目を見てみます？」

ジェレミーは口の端をかすかにゆるめる。バーテンダーは自分と同じくらい仮面の下を見抜くのがうまい。だからいつも敬意を払っている。

ジェレミーはうなずく。「コスモポリタンのお代わりを出して、ぼくからだと言ってくれないかな」代金をカウンターの上に滑らせると、バーテンダーがその上に手を置く。

「かしこまりました」

ジェレミーが見守る中、バーテンダーはピンク色のカクテルをこしらえて新しいグラスに注ぐ。そしてそれを縁から一滴もこぼさずに、名前も知らないウサギの前に置く——上手なものだ。ウサギは驚いた顔をするが、すぐにそれは満足の顔に変わる。調子に乗り、やつれた顔に得意げな表情を浮かべて髪を掻きあげる。バーテンダーがジェレミーのほうを指差すと、上目遣いで視線を送る。それからなれなれしく手を振り、ジェレミーを招き寄せる。

つかまえた。

「図々しかったかな」ジェレミーは隣の席に体を滑りこませ、愛想よく笑いかけながら言う。

女は息を吸う。「話しかけてくれたらいいのにと思ってたのよ」

そして身を乗り出す。両腕をわずかに寄せ、胸の谷間を強調しようとしているのは明らかだ。近づかれてジェレミーは不快になるが——煙草とコーヒーらしきにおいがして、それが舌から押し寄せてきたので吐き気に襲われる——これからの楽しみのことを考えて我慢する。

「それなら都合がよかったね。美人さんのお名前は？」自分で言ってむせそうになったが、落ち着いた声を保つ。

女は唇を噛む。

「タラ」とかすれた声で答える。

〝ターラ〟と母音を伸ばしているが、色っぽい感じを出そうとしているのが見え見えで、ジェレミーは目をくるりとまわしたくなるのをこらえるあまり、筋を痛めそうになる。タラは微笑むが、意外にも、お返しにこちらの名前を尋ねない。

「やあ、タラ。ぼくはジェレミーだ」

「ジェレミーって感じじゃないわね」タラは甘い声で言い、顎を手のひらに乗せてせわしなく瞬きをする。ジェレミーは作り笑いを浮かべ、酒をひと口飲む。

「まあ、ぼくもジェレミーらしくふるまえてはいないかな」よく意味がわからないまま答えたが、この新しい友人からけたたましい笑い声を引き出せたので満足する。

楽勝だ。

これこそ今夜探していたものだ。面倒な手順も、複雑すぎる計画も必要ない。憂さ晴らしがしたいだけだ。ジェレミーに言わせるなら、基本に立ち返っている。この女を車に乗せるだけでいい。そこからは自分の欲望の赴くままにできる。間をとり、コスモポリタンを飲むタラを観察する。タラはグラスを置き、指の横で鼻を軽くこする。同じ手で茶色い髪を掻きあげて片側に寄せるが、その際に首を少し後ろに傾ける。おかげでジェレミーは、タラの鼻孔に乾いた血が少しだけついているのを見てとる。

ビンゴ。

「それで、タラ、今夜はずっときみを見ていたんだ」気どった笑みを浮かべ、タラの顔が明るくなるのを見る。「その、どうもきみを見るだけでそそられてしまって」

タラはその台詞が大いに気に入ったようで、身を乗り出してワンピースの胸もとがもっとよく見えるようにする。

「だが、ぼくにはわかるんだが、きみは自分がほしいものをちゃんとわかっているタイプの女性だ。甘いことばに釣られるタイプには見えない」

タラはジェレミーの体を上から下まで眺め、また顔を見ると、唇を嚙んで答える。「ずいぶん率直なのね」

ジェレミーは少し尻ごみするが、無理に体を寄せる。思ったとおりだ——この女は見た目は大人だが、中身は欲情したティーンエイジャーの少年と変わらない。ここで殺し文句を言う。「うちにコカインがあるんだ。おいでよ」

タラは目を輝かせる。唇を舐めるそのしぐさを、本人は男心をくすぐると思っているにちがいない。「行きましょ」うなずいて、近すぎるほどに身を寄せてくる。

ジェレミーはバーテンダーへのチップとしていくらかの金をほうると、立ちあがってタラの手を取り、出口へ向かう。店内の煙った熱い空気に代わって、夜の屋外の涼風に包まれる。車の助手席のドアをあけてやると、タラは躊躇なく乗りこむ。ジェレミーは運転席側に歩きながら、心の準備を整え、選択肢を検討しはじめる。家まで連れていくべきだろう。だが、憂さ晴らしをするのが待ちきれない。運転席に乗りこむ前に、外で煙草を吸っていた男にうなずきかける。男はだれかと口喧嘩でもしたように苛立っていて、困惑顔でジェレミーを見るが、中指を立て、煙草を踏み消し、店内に戻っていく。人にはおかしなところがあり、ちょうどこちらが軽蔑したいときに軽蔑させてくれる。

しばらくのあいだ、心地よい沈黙のうちに車は進む。ときおり女が知性のない会話でジェレミーの沈思黙考を妨げる。オーリンンズ郡の木々に縁どられた暗い脇道を行くうちに、ジェレミーはタラをこれからどこに連れていくかを決める。砂利道にはいり、雑談でタラの気をそらす。

「仕事は何をしているんだい」と尋ね、タラがどれほどくだらない肩書きを並べ立てようとも、興味を持っているふりをするべく、心構えをする。

「弁護士よ」タラは助手席の窓の外を見ながら言う。

タラの返事に、今夜はじめて驚かされる。まさか、と笑いたくなるのをこらえる。「ほんとうかい」と落ち着いた口調を保とうとしながら訊く。「弁護士だって？」

タラは薄笑いを浮かべ、ジェレミーに顔を向けて生気のない目で見る。

「驚いたみたいね」

「確かに驚いたよ」とジェレミーは認める。

かぶりを振る。どう見ても弁護士らしくない。とはいえ、夜更けの場末のバーで弁護士らしく見える弁護士がいるだろうか。この女はたまに法曹協会の会員証でコカインを刻んで分け、ただれた鼻から脳へと吸いこんでいたのだろう。

タラは軽く笑い、自分もかぶりを振る。

「弁護士の資格は持ってるけど、ロースクールを出て最初に就いた仕事をクビになったばかりなの」タラは告白するが、そこで説明を打ち切り、恥ずかしげに目を伏せて自分の手を見る。

話したいようだ。話し相手に打ち明けたがっているが、それはジェレミーではない。そう、ここではなんの同情も、思慮深い忠告も得られない。ジェレミーは気晴らしのためにタラの壊れた世界に潜りこんだのであり、今夜の自分のゲームにしか興味がない。タラはジェレミーに目をやるが、それ以上の話を聞き出すつもりがないのを見てとり、すぐにまた窓に顔を向ける。

「それで、どこに住んでるの？」自分で決めたことなのに、いまさらその重みを感じたのか、タラは座席の上で落ち着きなく身じろぎする。「森の奥へ向かってることを不安に思ったほうがいいのかしら」

不安げに咳払いするが、無理に含み笑いをする。ジェレミーは前方の道路に視線を向けたまま、微笑する。

「不安になる必要はないよ、弁護士さん。住宅地から少し離れたところに住んでいるんだ」

タラは口角を釣りあげて微笑するが、不安感がまだ漂っている。

「この先に住んでるの？」

「この道の先じゃないけど、近くだよ」

ジェレミーは前方に視線を固定している。道路は暗く、照明もなく、凹凸が多い。左手に沼が見え、右手には不吉なヌマスギが衝立（ついたて）のように連なっている。

「ここに住んでないのなら、どうしてこの先に向かってるのかしら」タラは虚勢を張って尋ねる。シートベルトを武器のように握っている。

ジェレミーは沼のそばの空き地に車を停め、エンジンを切る。そしてようやくタラに笑みを向ける。

「今夜は空気がすごく爽やかだ。散歩をするのもいいと思ったんだよ」と安心させる。

「でも真っ暗よ」タラは文句を言うが、解体処理される羊のようについていくしかない。

ジェレミーは笑顔でタラに歩み寄る。パーソナルスペースに踏みこまれ、体をこわばらせているのが見てとれる。ジェレミーが身をかがめると、タラは息を呑む。が、ジェレミーはあけたままの車の窓に手を突っこんで懐中電灯をつかみとっただけだ。それをタラの目の前で振ってから、点灯する。人為的な音が静寂を破る。

「これで真っ暗じゃない」ウィンクして言い、タラの手を取る。

自分の身に危険が迫っていることを、タラは脳のどこかで感じとっている。体が緊張し、瞳孔が広がっている。前方に広がる深い闇の中へ、ふたりで分け入っていく。光源は月だけで、満月に近い。明るく白い月光が一帯をほのかに輝かせている。タラはジェレミーの手を握っている。親の手にしがみつく子供のようにしがみついている。ジェレミーは握り返し、安心させるふりをする。ふたりは何分か無言で歩く。どちらも周囲の地形に目を走らせているが、理由はまったく異なる。

「なかなかきれいなところね。すごく気味が悪いけど、きれい」

遠くで小枝が折れる音にタラは驚き、恐怖で本能的にもっと身を寄せる。その皮肉に、ジェレミーは笑みをこらえきれない。このバイユーでは、タラの安全に対する最大の脅威は自分にほかならないのに。

「そうだね。でも、注目する価値があるのは恐ろしさと美しさの混淆だけだ。一方のカテゴリーだけに収まるのは退屈だよ」

「きっとあたしが〝混淆〟の意味を知らないと思ってるんでしょ？」タラは足を止めてジェレミーを見あげ、にやりと笑う。そのしぐさは、あの薄暗いバーにいたときよりもタラを魅力的に見せている。

ジェレミーは笑みを返し、タラがまた歩きはじめるのを待つ。かぶりを振るタラを連れて、水辺の木製のベンチへ向かう。加工が雑で、明らかに手製だが、どういうわけかすわりたくなるし、それがあると汚れた沼が静穏として見える。ふたりは並んで腰をおろし、濁った水面に映る月光を眺める。

「司法試験には受かったのよ。信じられないかもしれないけど、胸の谷間と知能に相関関係はないの」

タラは明るく笑う。ジェレミーは即答せず、間をとって脚を掻くふりをしながら、足首のそばに固定してあるハンティングナイフの鞘を手探りする。

「訴えを認めるよ」身を起こし、タラに視線を投げかける。「きみは本を表紙で判断することがいかに危険かを示すいい例だ」

タラは軽く笑い、ふざけて自分の肩をジェレミーの肩にぶつける。「ずいぶん変な褒めことばだけど、ありがたく受けとっておくわね」

「心が広いんだな」

「こんな顔立ちの人にどうして本気で怒れるわけ？」タラは本音を言い、ジェレミーの左頬に手をあてて顔を少しだけ自分のほうに向かせる。そして目を閉じて顔を寄せ、キスをしようとする。ジェレミーは一瞬だけためらうが、間隔を詰め、唇が触れ合う寸前まで近づける。互いの息が混じり合うのを感じたとき、静かに言う。

「逃げたほうがいいぞ」

蛇が這い出るように、口からそのことばが出る。タラは息を呑み、不安げな笑みを浮かべる。まだ顔を近づけたままだが、わずかに身を引いてジェレミーの目を見る。

「え？」

「聞こえたはずだ」

たちまちタラの笑みが消える。体を離し、信じられないというふうに息をつく。

「笑えないわよ」

「笑わせるつもりはない」

ジェレミーは自分の目つきが険しくなるのを自覚する。かがんで足首に固定してあったナイフを抜く。それを顔の前に持ってきて眺め、刃に月光が反射するさまに感嘆する。タラはすわったまま凍りつき、ジェレミーとナイフを見比べている。映画の予告編さながらに、後悔がその顔によぎる。

「さあ、逃げろ！」一度も目を合わせないまま、ジェレミーはとどめのことばを叫ぶ。

視界の隅で、タラが泣きじゃくりながら暗闇へ駆けだすのが見える。ジェレミーも立ちあがり、少し時間を与えてから、そちらへ歩きだす。タラに逃げ場はない。連れてきたこの小道は行き止まりになっていて、沼にはさまれ、有刺鉄線のフェンスに完全に囲まれている。ワニを侵入させないための公園管理局の努力のせいで、タラはいまや本物の捕食者とともに閉じこめられている。タラはジェレミーに立ち向かうか、泳ぐしかない。

ここには土地鑑がある。子供のころ、イノシシを狩るために父親がよく連れてきてくれた。親子で過ごしたそういう夜、この辺鄙な遊び場でイノシシを待ちながら、忍耐を教えこまれた。どういうわけか、地元の法執行機関と揉めることもなく、違法な狩りを実行できた。沼に夜が訪れるのを眺めたのは、楽しかった思い出だ。

夜の狩りは恐怖を学ぶ場となる。本能を抑え、日が沈むと隠れ場所から這い出てくる耳慣れない音を受け入れることを教わる。夜の住人は静寂など作り事であることを知っている。夜こそ決まって最も騒がしい。ジェレミーはこの夜のざわめきを作り出している何百ものちがう音を聞き分けられる。本物のハンターはよけいな音をすべて無視し、狙っている獲物の音だけを聞きとれる。今夜、ジェレミーの鋭敏な耳は、自分が正しい方向に進んでいることを教えている。もちろん、いまはイノシシ狩りには興味がない。ここで父親とともに磨きをかけた数えきれないほどの技術を、きょうはちがう形で実践する。もっとはるかに興奮させてくれる獲物を見つけたところなのだから。

雑音に混じって、右側で小枝が折れる音を聞きとる。タラが走るのをやめたのだろう。走れば聞きとれる。静かに歩き、一歩ずつ地面に衝撃を吸収させる。歩きながら笑みを浮かべる。

「落ち着け、タラ！　動物が解体処理される前に極度の恐怖をあらわにすると、肉の味が落ちるのを知っていたか？　乳酸が溜まって消耗するのが関係しているらしいぞ」

押し殺した泣き声を聞く。息遣いの音が、騒音の中でもはっきりと聞きとれるほど大きくなっている。

「困るよ、タラ。きみを食べたくなくなるじゃないか！」ジェレミーは笑い声をあげ、落ちた枝をまたぐ。「だが、興味深くないか？　われわれは肉を最高の状態で味わっていると思うか？　だいたい、死ぬ前に完全に平静でいられる動物がいるか？　きみもわたしのささやかな耳寄り情報を楽しんでくれているよな、タラ？」名前を闇に向かって叫ぶ。

タラはふたたび走っている。茂みを抜けていく音が聞こえる。つまずきながら進む足音と荒い息遣いが遠ざかっていく。暗闇に取り囲まれながらも、タラのパニックが感じとれる。ジェレミーも全速力で走りだす。枝に顔を打たれるのもかまわず、なじみのある地形を飛ぶように走り、昔ながらの追いかけっこの全力疾走を楽しむ。

前を行くタラは目が見えないも同然だ。行く手を覆う暗闇をどうにか抜けようとして、何度か止まったり進んだりを繰り返している。小さな音が絶え間なくつづき、タラの位置を教えている。が、不意に音がやむ。ジェレミーも足を止める。木々のただ中に立って耳を澄ます。隠れているのだろう。タラはまだ知らないが、ジェレミーはここの木々をよく知っている。怯えたイノシシの子がどこに隠れるかを知っている。爽やかな夜の空気を吸いこみ、首を反らして空を見あげる。広く、澄んでいて、それをかかえるように伸びたヌマスギの枝に縁どられている。

暗視ゴーグルをポケットから出し、目を慣らす。赤外線画像装置を使って頂点捕食者(アルファ・プレデター)をひそかに追跡する方法も父親から学んだ。頂点捕食者も、最後の陽光が地平線の下に消えて夜が訪れると、大いに喜んでいた。いま、ジェレミーの世界は緑色に染まり、輪郭が明確になっている。前方には木々が並び、ところどころに小さな沼地と自然の岩層がある。

「タラ!」大声で呼び、沈黙を破る。「わたしにはすべてが見えている。また逃げようとしたら、撃ち殺すからな」

嘘だ。この森の中に銃はない。タラのパニックを煽りたくて言っただけだ。恐怖反応をうながし、危険が迫っているという警報を鳴らすよう扁桃体に強要している。あとは少し待つだけで、視床下部が交感神経系を活性化させ、隠れ場所を明かしてしまうだろう。いまやタラの心臓は早鐘を打ち、肺はできるだけ多くの酸素を取りこもうと膨張し、警戒心も増しているが、呼吸が速くなってずっと音を立てやすくなっている。ジェレミーはその息遣いに集中する。その源へ近づいていく。泥だらけの森にしゃがみこみ、むき出しの脚を勝手に這いのぼってくる生き物たちを無視しようとしている姿が目に浮かぶ。タラのような女にとっては拷問に等しいにちがいない。自分の世界から完全に締め出され、ジェレミーの世界に完全に囲いこまれている。

暗視ゴーグル越しに周囲を見渡す。視界に映る何もかもが淡い緑色を帯びているが、タラにとっては処刑人の頭巾の中並みに暗い。息遣いに導かれて進むにつれ、それが荒く、激しくなっていく。タラにはジェレミーが近づいてくる音は聞こえるが、どれだけ目を凝らしてもその姿までは見えない。恐怖に体をのっとられ、血管を流れる血がそれに入れ替わってしまったように感じている。

つまずきながら枝や下生えを掻き分けて進む音が聞こえ、ジェレミーは少し立ち止まって耳を澄ます。バイユーは最善を尽くして手を貸してくれるだろうが、タラをとらえるためにいっそう奮闘してくれるはずだ。タラは地面を踏みつけ、水しぶきを飛ばしながら、ここに来るときに通った砂利道へ向かっている。檻のさらに奥へと走りこんでいるとは思いもせずに。

ジェレミーはタラを走って追いかけ、木陰から砂利道の開けた部分に飛び出す。タラはその音を聞いて振り返り、月光がわずかながら見せたものを目撃する。照らされたその顔は恐怖に満ちている。ジェレミーは大きく笑い、鞘から抜いたナイフを持って追いすがる。タラは姿をさらし、悲鳴をあげながらぎこちなく走りだす。砂地を走っているようだ。ジェレミーはこの機会をとらえ、テニスボール大の石をふたつ地面から拾いあげる。

「よけろ！」大声で言うと、驚いたタラが本能的に足を止めて頭をかばう。

石を力いっぱい投げる。脚の後ろ側にそれを受けたタラが姿勢を崩し、不自然な動きで両膝を突く。痛みとショックで泣き叫び、半狂乱で石があたった場所に手を伸ばしている。ジェレミーはふたつ目の石を投げる。それはタラの頭蓋骨にあたって跳ね返り、胸が悪くなるような衝撃音を立てる。タラは地面に倒れ、頭をかかえる。

「やめて！　お願いだからやめて！」と絶叫する。

だが、ジェレミーはやめない。砂利道の真ん中に倒れこんでいるタラにゆっくりと歩み寄る。かたわらにしゃがむと、タラはでたらめにぶってくる。その手首をつかみ、手にしたナイフに近づける。血管が激しく脈打っているのを指先で感じてから、刃を手のひらにあてて引く。タラは悲鳴をあげ、残る力を振り絞って手を引っこめようとする。悲鳴がすすり泣きに変わると、ジェレミーは笑みを浮かべる。これで自制心を取り戻せた。

「だれかそこにいるのか？」男の声が夜の闇に響き、ジェレミーは慌てて動きを止める。砂利道の奥で懐中電灯が光っている。

「怪我をしたのか？」もうひとりの声が呼びかける。

ふたりの男の影が砂利道を歩いてくるのが見える。タラが助けを求めて叫ぶ前にその口を手で覆うが、パニックが全身に忍びこんでくる。タラの声を聞かれた。今夜はこの場所の下調べをしなかった。衝動に突き動かされ、かつて父親とともにこもったのとまさに同じ死角に、ハンターが潜んでいるとは考えなかった。

「傷つけるつもりはないよ。助けを呼んであげるから」ひとり目の男がやさしくことばをつづけ、懐中電灯の光をふたりのほうに向ける。

タラは目を見開き、男たちに向かって声にならない叫びをあげているが、向こうにタラの姿は見えない。いまはまだ。

苛立ちで胸がうずくのを感じながら、ジェレミーは選択肢を検討する。結局のところ、進むべき道はひとつしかない。

片手でタラの口をふさいだまま、その顎を持ちあげてこちらを向かせる。救助隊気どりの男たちの駆け寄る音が聞こえる前に目が合い、最後に一瞬だけ楽しむ。ハンティングナイフをすばやくタラの首にあて、耳から耳まで深く切り裂く。刃が肉から離れるやいなや、タラを地面に突き倒し、走りだす。男たちが駆けつけたとき、タラが血を吐きながらゴボゴボという音を立て、男たちがその音のほうへ走る。背後でタラが血を吐きながらゴボゴボという音を立て、切り裂かれたタラの喉頭から途切れ途切れに深い息が漏れる。傷は首の端から端までおよび、深い。男たちは指示を出し合い、ひとりは救急車を呼び、もうひとりは懸命に止血を試みる。だが、たいして役には立つまい。頸動脈を切断したのは確かだ。タラの体はみずからの生命力を傷口から土へと無理やり押し出しつづけ、数分以内に死ぬ。

背後の騒ぎにはかまわず、ジェレミーは一歩また一歩と遠ざかっていく。車に飛びこみ、ヘッドライトを消灯すると、砂利と土埃を巻きあげて走り去る。暗視ゴーグルを頼りに本道に戻る。ついてくる車はない。あの男たちは虫の息の女を救うのに忙しいはずだ。

ひたすら車を走らせ、充分な距離が空いたところで、ヘッドライトをふたたび点灯して暗視ゴーグルをはずす。グローブボックスをあけ、中に入れてあった電話を操作して、行き当たりばったりにプレイリストを再生する。VASTの《プリティ・ウェン・ユー・クライ》が大音量で流れ、深く息を吸って気を静める。きょうはついていなかった。家でおとなしくしているべきだったと頭ではわかっている。さらに失敗を重ねる前に、前回の誤算による反動をどうにかするべきだった。

タラが死ぬのはまちがいない。だが、ずさんな処刑になってしまったことが気になる。深さを確かめずに水に飛びこんだようなものだ。愚かで、性急だった。動物じみた衝動に駆られ、きわめて重要な脳の声を無視してしまった。無意識にハンドルを切り、暗い道の路肩に車を寄せ、セレクトレバーをパーキングレンジに入れる。土埃がヘッドライトのまわりに舞いあがる。ハンドルにこぶしを何度も叩きつけ、ウレタン製の表面に顔を押しつけて叫ぶ。まるでその中に宝が封じられているかのように。手がうずき、息が切れると、背もたれに寄りかかって叫ぶ。ルイジアナのバイユーの奥にある暗い砂利道の路肩で、あらゆるストレスと苛立ち、あらゆる不満と飢えが原初の叫びとなってほとばしる。涙がこぼれ、火照(ほて)った土まみれの頬をそれが冷やすに任せる。

胸を波打たせながらセレクトレバーをドライブレンジに入れ、自宅へ飛ばす。音楽の音量をあげ、それが頭を空っぽにさせてくれることを期待する。が、音の洪水はもはや抑えきれなくなっている怒りに火を注ぐだけだ。道を突っ走りながら、ここでの日々はもう数えるほどしか残されていないことを悟る。

28

上着のポケットで電話が振動音を鳴らし、ルルーはその場で電話に出る。

「ルルーだ」と答えてから、画面をタップしてスピーカーホンに切り替える。

「ウィルだ。聞こえるか？」

「ああ、どうした？」

「新たな被害者が出た」

ウィルが煉瓦を落とすように伝える。ルルーはたじろぎ、レンも意気消沈して手で顔をこする。

「そんな」と小声で言う。

「場所は？」

「バイユー・トルチュ・ロードの猟区で発見された。だがルルー、被害者は生きてて、意識がある」

ルルーの目が異様な光を帯びる。

「話せるのか？」半信半疑で訊く。

「そうとは言えない。生きてはいるが、話せないんだ」

「いったいどういうことなんだ」

「とにかく、大学医療センターに来てくれ。そこで一部始終を話すから」

電話は切れた。

「わたしも行く」レンは宣言する。向きを変え、シンクで手を洗いはじめる。

「ルルーは何か言いかけてやめ、レンを見つめる。

「心配しないで。気を使ってくれるのはうれしいけど、その被害者から直接話を聞きたいのよ。わたしもこの事件にかかわっているんだから」

手を拭き、ルルーと目を合わせる。ルルーはもう少しだけ沈黙が流れるに任せてから、重厚な金属製のドアを顎で示す。

「行こう」

大学医療センターに着くと、ウィルが外に立って医師と話している。ルルーは大股で近づき、前置きを省く。

「それで、何があった？」会話に割りこんで尋ねる。

「ドクター・ギボンズ、こちらはジョン・ルルー刑事とドクター・レン・マラーです」

ドクター・ギボンズはまずレンに手を差し出す。レンはそれを握り、精いっぱいの笑みを浮かべる。

「前にお会いしましたね。またお目にかかれて光栄です、ドクター・ギボンズ」

「こちらこそうれしいよ、ドクター・マラー。それから、どうぞよろしく、刑事」

「ええ、こちらこそ。それで、何があったんです？」ルルーは医師の手を固く握ったまま、強引に訊く。

医師はうなずくと、ルルーの腕に軽く手をあてて切り出す。「全員そろったので、中で話そうか」

背後の建物を身ぶりで示し、四人は連れ立って中にはいる。ドクター・ギボンズに導かれ、椅子が数脚と大きなテーブルが一卓置かれた狭い部屋に行く。主待合室とは別に設けられた、家族が待機して経過報告を受けるためのもっと静かな空間だ。ウィルとレンはドクター・ギボンズの向かいにすわったが、ルルーは立ったまま手をこすり合わせている。

「話せ」ドアが閉まるなり言う。

ウィルは手帳を開き、背もたれに寄りかかって、買い物リストよろしく内容を読みあげる。

「タラ・ケリー。白人、女性、二十九歳。バイユー・トルチュ・ロード沿いのエルムウッド・パークで、夜に狩りをしてたふたりのハンターが発見。悲鳴と争うような音を聞いたとのこと。駆けつけると、被害者は喉を押さえてた。直前に深く切り裂かれたようだ」

ルルーはウィルをさえぎり、テーブルの上に身を乗り出す。

「やつの仕業なのか？」と怒りもあらわに訊く。

「その可能性はある。あの犯人がこれほど迂闊になったのなら驚きだが。手口がそれらしくない。だが、犯行を重ねるほど、こういうまぬけがやりがちなことなんだろうな」

ルルーとその部下が質問と回答をやりとりするあいだ、ドクター・ギボンズは沈黙を保っている。唇を引き結び、自分が話す番を待っている。

ルルーがかぶりを振ってテーブルを叩く。

「ちくしょう！　だが、被害者は助かるんですよね？」ウィルから医師に視線を移して尋ねる。

レンは答がすでにわかっていたが、客観的なプロフェッショナルらしい態度に努める。

ドクター・ギボンズは咳払いして答える。「端的に言えば、答はイエスだね。被害者の容態は安定している。切創はかなり大きく、耳から耳まで達している。襲撃者は頸動脈を切断するつもりだったのだろうが、慌てていたのか、浅く切っただけだった。それでも被害者は大量に出血したが、発見した男性たちのおかげで、出血はわれわれが対処できる程度にまで抑えられた。手術は一時間ほど前に終わった」

疲労したルルーの姿がドクター・ギボンズの目に映っている。

「いつになったら話を聞けますか」ルルーは単刀直入に訊く。

「現在、被害者は声を発することができない。襲撃者が喉頭の神経のひとつを切断し、声帯に損傷を負わせたからだ。回復するまで話すことはできないだろう」ドクター・ギボンズはことばを切り、前に置いたファイルから一枚の紙を抜きとると、テーブルの上に滑らせてウィルとルルーに見せる。「搬送した救急隊員によれば、被害者が必死に何かを伝えようとしていたので、この紙を渡して書かせたそうだ」

破りとられた手帳のページには黒ずんだ血が染みこんでいる。青いペンで〝ジェレミー〟と記されているのがどうにか読みとれる。

レンは呼吸が速く、浅くなるのを感じる。衝撃が電流さながらに体を駆けめぐる。この展開は想定のうちだったとはいえ、あの男がずっとルイジアナをうろついていたというのがにわかには信じられない。だが、失血死しかけた女が残したインクを見て、自分で自分を納得させる。

る。

「関係者にジェレミーなんていう人物がいたか？」ウィルが話についていこうとして尋ねる。

ドクター・ギボンズがふたたび咳払いする。「現場に到着した警官が、被害者の付近にあった遺留品をいくつか回収している。その中に、被害者がその夜に訪れた店のレシートがあった。きみたちが帰る前に届けさせよう。幸運を祈るよ、刑事。ドクター・マラーも」会釈してドアへ向かう。

「ありがとう、ドクター・ギボンズ」ルルーが叫ぶように言う。

「ルルー、ジェレミーというのは？　何がどうなってる？」ウィルがふたたび訊く。

「あとで教える」ルルーはレンに目をやりながら静かに言う。

ウィルが文句を言おうとしたとき、ドアが軽くノックされる。ルルーが部屋を横切ってドアをあけると、病院の袋を持った若い用務員が前に立っている。

「ルルー刑事？」用務員は尋ねる。

ルルーは身分証とバッジを見せ、袋を受けとる。さっそくレシートを探し、別の小さな袋の中にそれを見つける。〈オグレイディーズ・パブ〉のレシートで、時刻は午前一時二十二分と記されている。クレジットカード番号はタラ・ケリー名義で、店内で少なくともコスモポリタン二杯とフライドポテトひと皿を飲食したことが示されている。ルルーは腕時計を見る。

ウィルがレシートを見せるよう身ぶりでうながし、ルルーはバーの番号に電話をかけてから渡す。留守番機能が応答し、正午まで店は無人であることを告げる。

「ニューオーリンズ市警のジョン・ルルー刑事です。このメッセージを聞いたらただちに折り返し電話をください。よろしく」

「だれもいないのか？」ウィルが訊く。

「いま、コーミエに店主の情報を送るよう頼んだところだ。話を聞きにいけるようにな。ゆうべ、タラと犯人をほかのだれかが見ていないか確かめたい」

ウィルは息をつく。「マラー、あんたも来るかい」

レンはルルーを見て、無言でうかがいを立てる。

「来たければ来るといい」ルルーは譲歩する。電話が電子音を鳴らし、ルルーは画面に表示された所番地と電話番号を眺める。「レイ・シンガーとやらに会いにいくぞ」

三人は部屋を出て、外へ引き返す。太陽が燦々と照り、マスメディアのバンが何台か正面に駐車している。新たな被害者が出たというのは大ニュースであり、すみやかに広まったようだ。レンはその光景を眺めてから、ルルーの車の助手席にすわる。ジェレミーはいまも野放しで、何年も前に自分にやったことをまたやっている。だが今度こそ、完全に終止符を打ってみせる。

29

ジェレミーは途切れがちな眠りから覚める。きょうは日曜日、つまり通常なら世界が休息のために確保してある日だが、安息は訪れそうにない。昨夜の出来事がいまだに心に重くのしかかっている。不安だ。この感情には長いこと立ち向かわずに済んでいたのに、最近はほぼずっと苛まれている。いまごろはあらゆるニュースでタラの事件が大々的に報道されているはずだと思い、テレビをつける。勝ち誇ってもいいのに、あまりにずさんなやり方になってしまったせいでプライドが傷ついている。事件の報道がはじまったとたん、心臓が止まったかに感じる。

「被害者は二十九歳のタラ・ケリーで、大学医療センターに救急搬送されましたが、現在も重体のままです」ニュースキャスターが脚注のように読みあげる。ジェレミーにとっては人生で最悪の強烈な一撃だったのに、それとはかけ離れた口調で。

「われわれのそばに連続殺人犯が潜んでいるのでしょうか」キャスターは問いかけるが、

新たな死を報道できて大喜びしていそうだ。

こういう連中が殺人事件に大興奮するさまには反吐が出る。もちろん、好奇心を持ち、探求し、心の闇をつつきまわすのは人の性だ。とやかく言っても仕方がない。それでも、笑みをこらえて読みあげられるこの手のニュースを聞くと、神経が逆撫でされる。画面のリポーターが、被害者は警察に有力な情報を提供できたと語る。ジェレミーは凍りつき、詳しい説明を待つが、リポーターはそこで切りあげ、続報がはいりしだい伝えると言う。

ジェレミーは唾を呑みこむ。またしくじった。

エマは死んだ。ドクニンジンがジェレミーの秘密を守り、貫けない壁の向こうに隠してくれた。だが、タラはちがう。タラを選んだのは衝動に駆られてのことであり、向こう見ずだった。何かを感じたくて焦るあまり、安全な自宅に連れこまなかったし、現場の下調べさえしなかった。子供のころ、父親と狩りをしたときのエルムウッド・パークは無人だったから、いまも無人だと思いこんだだけだ。

「タラはどうして生き延びた？」声に出して自問する。

刃で正しい場所を切り裂いたのはわかっている。まちがえるはずがない。またわずかに狙いをはずすというへまをやったのだろう。大動脈を切り損ねたのかと思うと、昔、エミリーの逃亡を許したあの大失敗を思い出してしまう。どちらの女も、日中の暑さで腐るままになり、何もかもが手遅れになるまで発見されないはずだったのに。

「くそ！」と叫び、スプーンをシンクに思いきり投げつける。

カウンターに寄りかかり、家の中を見まわす。事態を打開する方法が思いつかない。こういう感覚はなじみがない。逃げようと思えば逃げられる。自分の行動がこれほど注目されない、別の場所に移ることはできる。それが現実に残されたただひとつの選択肢だが、先にルイジアナを屈服させてやりたい。

がたつく階段をおりながら、壁のむき出しの岩に指先を這わせる。この古びた地下室は使いやすいように改装してコンクリート床にしてあるが、土を掘っただけの昔ながらの地下室の骨組みは残っている。父親は地下室を活用しようとはしなかった。物置としては使っていたが、仕事はすべて屋外でこなしていた。母親が死ぬと、ジェレミーはここを自分の作業場に変えた。あまりにも長いこと放置されていたが、そこそこの広さがあったからだ。

この壁に触れるのも、足もとで階段がきしむ音を聞くのも、これが最後になるかもしれない。だから時間をかける。瞬きするごとに、思い出を集めていく。隅の電球はとうとう直さなかった。何カ月も前からちらついていた。はじめは、交換するのを忘れていただけだった。地下で待っている楽しみに気をとられていたのはまちがいない。しまいには、切れかけた電球のおぼろげな光をむしろ好むようになった。マッドサイエンティストの実験室や、映画《悪魔のいけにえ》に出てくる殺戮者レザーフェイスの作業場のように、地下室がより恐ろしげに見えたからだ。しかし、気味の悪い雰囲気はもう必要ない。階段をおり、右側の棚に載っている箱から新品の電球を出す。奥の隅で背伸びし、ちらつく電球を苦もなくはずして新品に交換する。

直った。

むらのない光が地下室の様子を変化させている。ストロボ効果が失われたおかげで、何もかもが和らいでいる。視線をさまよわせ、もっと時間が残されていればいいのにと思う。じきに警察が現れてここをめちゃくちゃにするだろう。何もかもが証拠品袋とバリケードテープの餌食になる。とにかく現状は悪化している。思いどおりにならなかった女のせいで、積みあげてきたものがもろくも崩れ去ってしまった。

自分の物語がこんな展開をたどるのなら、できるかぎり主導権を握らなくてはならない。

壁際に整然と置かれた新品同様の大型冷凍庫の錠をはずし、さらにキーパッド式の錠に数字を入力する。デッドボルトが大きな音を立てて引っこみ、エアコンの静かな運転音をさえぎる。蓋の上に手を這わせる。なめらかな表面を指で軽く叩くと、冷たい感触が伝わってくる。蓋をあけると、パッキンがあえぐような音を立てる。窒息の一歩手前まで空気を奪われた肺を連想させる。押し寄せる冷気を浴びながら、女を見おろす。冷凍焼けしている。肌は氷さながらになめらかで冷たい。乾いた血がまだ頬にこびりついている。何週間も冷凍庫に入れられた結果、血は乾いて肌に染みついている。死者の口紅のようで、奇妙な美しさを感じる。

女の体をひっくり返せば、包帯をていねいに巻いた上背部の傷にさわれるだろう。あのときは上手にやれた。あの実験では、第六頸椎で脊髄をうまく切断できた。とらわれた女はとたんに体の大部分を動かせなくなった。七年前もそうなるはずだったが、あれ以来、失敗した試みから学び、磨きをかけている。

体を動かせなくなった相手は扱いやすいが、やりがいに欠ける。だから持久力のような運動能力よりも科学の腕前を試すのにうってつけだ。図書館にかよっていた子供のころからずっと、ロボトミーをやってみたかった。女の眼窩にアイスピックを刺すと、予想以上に出血した。前頭葉に対するロボトミーへの初挑戦は計画どおりにはいかなかった。もっとも、アイスピック・ロボトミーの父も失敗を重ねている。正直なところ、正しい位置にアイスピックを刺すのがこれほどむずかしいとは思わなかった。失敗に気づいても、そこを掻きまわすというつぎの段階に進んだのだが、それで女は使い物にならなくなってしまった。女は震え、痙攣した。目玉が飛び出しそうになり、体がこわばって、このままばらばらになってしまうにちがいないと思ったほどだ。激痛に襲われていることは顔を見ればわかった。首と顎のまわりの筋肉が反射的に緊張する様子が、いまでも目に浮かぶ。猿ぐつわをはめていなかったら、女は歯が粉々に砕けるまで食いしばっていただろう。中身が漏れるミルクピッチャーのように鼻から血がしたたり、下に溜まっていた。

いまはそれが口紅のようになっている。

水分を失った肌に指で触れ、感触を楽しむ。あのときは鮮血が唇と歯を濡らし、つややかで心をそそられた。いまは乾ききった砂漠のひびがはいった地表のようだ。猿ぐつわとして使ったギャグボールは上下の歯のあいだに収まったままで、冷えて硬くなっている。当時はちょっとした練習のつもりだったが、女の苦痛はこれからもっと大きな意味を持つことになる。

冷凍庫のプラグを抜き、蓋をあけたままにする。警察が来たら、まず女のにおいに気づくだろう。クローゼットの錠をはずし、最も強力な道具と武器をあらわにする。昔から、接近しての狩りが好みだ。子供のころでも、遠くからイノシシを撃つより鋭いナイフを突き立てるほうが好きだった。とはいえ、距離が必要になる状況もある。大きな獲物を狩るつもりなら、大きな銃を持ち出すべきだろう。

テンポイント社製のクロスボウと、矢の詰まった矢筒を手に取る。鏃(やじり)はチタン製で、平たい三角形になっており、変形する。放つと側面から二枚の刃が飛び出て、標的に差し渡し二インチもの傷を負わせる。弓を大型化せずに威力を最大化できる。それに、楽々と迅速に移動できる、これは計画に不可欠だ。何せ、撃ち返してくるかもしれない獲物を狩るのはこれがはじめてなのだから。

30

レイ・シンガーの住所に着いたルルーは、ウィルの車がすでに停められていて、本人がそれに寄りかかっているのを見る。家の前に車を寄せ、ウィルの後ろに停めておりる。

「わたしはここで待っているわね」レンはあけた窓から言う。「少し頭を整理する時間がほしくて」

ルルーはうなずく。「わかった、すぐに戻る。無線機にはさわらないでくれ」

鍵束を投げ渡し、レンは軽く微笑してエンジンをかける。

「ジョン、どうしてあんたはいつもおれを待たせるんだ?」ウィルが大げさに腕を振り、ルルーは目をくるりとまわす。

「落ち着けよ、ブルサード」

シャツの裾をズボンに押しこみ、玄関へ向かう。ふたりで踏み段をのぼって呼び鈴を鳴らす。だらしない恰好の中年の男が玄関に出てくる。車の中にいて安全な距離を保っているレンにも、やりとりがすべて明瞭に聞こえてくる。

「何か？」男がドアをあけ、体を外に出しながら言う。

まずウィルが話し、身分証を見せる。「ニューオーリンズ市警です。自分はブルサード刑事、こちらはルルー刑事です。レイ・シンガーというのはあなたですか」

レイは緊張した様子だ。

「そうだが。何かあったのかい」

ウィルはつづける。「ゆうべ、この地区で発生した殺人未遂事件を調べてます。被害者が最後に目撃された場所はあなたのバーなんですよ」

「驚いたな。ニュースで報じられてたあの女性のことか？」レイは目をまるくして訊く。

ルルーはうなずく。「ゆうべ出勤していたバーテンダーやそのほかの接客係から話を聞く必要があります。名前と連絡先を教えてもらえますか」

レイはドア枠に寄りかかり、乱れた茶色い髪を掻きあげる。

「待ってくれ、ブッチャーがおれのバーにいたって？　あんたたちはそう言ってるのか？　なんてこった」

ルルーは片手をあげてさえぎる。「ゆうべ、何か不審なものを見なかったか、接客係やバーテンダーに訊きたいだけです」

「もちろんわかってる。これから店をあけにいくが、ゆうべの従業員も何人か出勤してるはずだ。よかったらいっしょに来てくれ」

「すばらしい、そうさせてもらいます」

ウィルはレイにぞんざいにうなずきかけ、三人はそれぞれの車へ向かう。

ルルーの電話が鳴る。

「ルルーだ」ルルーは車のドアの前で電話に出てから、運転席に乗りこむ。

「どうも。エルムウッド・パークの被害者について、情報があるという人物が来てます。ゆうべ、あのバーにいたそうで」

「すぐ行く」ルルーは電話を切り、ウィルを見あげる。「署に目撃者かもしれない人物が来ている。すぐに行かないと。バーのほうは任せていいか？」

「了解（テン・フォー）」ウィルは冗談めかして答える。

「署に連絡しろ。詳細を教えてくれるはずだ」

「わかった、頼んだぞ！　何かわかったら教えてくれ」

ルルーはレンに目を向ける。まるでレンが一片のガラスで、壊したくないかのように、穏やかな視線を保つ。

「家まで送って、ジョン」レンは急にきょう一日の重みに押し潰されそうになり、静かに伝えて窓の外を見る。

「わかった」ルルーはうなずき、車を出してレンの家へ向かう。

ふたりのあいだの空気は重苦しい。どちらもきょう知った情報の話をしたがらない。レンは走行中の車の窓から手を出し、温かい空気に揺さぶられるままにして、押し寄せる風を浴びる。

31

ジェレミーはエミリーを観察する。

敷地の端の木立を包みこむ黒々とした闇の中に立ち、家の窓越しにエミリーの動きを目で追う。これほど遅い時間でも部屋の照明をすべて点灯するはずだと予想できるほど、エミリーのことはよく知っている。エミリーは怖がりではなかったが、闇に待ち受けるものをつねに警戒していた。漆黒の闇にいても、ジェレミーはこの事実を心に留め、枝の陰に潜んで大木の後ろに体を半ば隠している。エミリーの日課はもう知っている。長い一日の終わりに、どこにすわってくつろぐかは知っている。長いあいだ観察してきたのだから。

待つ。

身じろぎひとつせずに立ち、まわりを飛び交う夜行性の見えない虫の合唱に耳を傾ける。興味深いことに、人間は真夜中、その場にそぐわない音をけっして聞き逃さないように生物としてプログラムされているらしい。たとえ周囲の環境が耳をつんざくような騒音を立てていても。つまり、ジェレミーは咳ひとつするだけで気づかれる。だが、森はひと晩中耳障りな音を立てても聞き流される。

これまでは遠くからただ観察するだけで、自分の手がかりはほとんど残さなかったが、それも今夜で変わる。

エミリーはすべての窓とドアが施錠されていることを再確認している。夜のあいだ、自分が安全な密室にいることを確かめずにエミリーが寝ることはない。

エミリーは徹底しているし、抜かりがないが、それでもこの要塞への侵入方法がひとつだけ残されていて、本人がそれをずっと見落としているのを、ジェレミーは観察を重ねるうちに見つけていた。地下室は内装の仕上げがされておらず、そのためエミリーは完全になおざりにしている。エミリーとその夫は用心して、庭から地下室に通じる跳ねあげ戸には立派な錠を取り付けたが、地下室から家に通じるドアにはまだ錠を取り付けていない。なんと言っても、地下室にだれも侵入できなければ、だれかがそこから家へあがってくる心配は無用だからだ。

ジェレミーの見るかぎり、地下室に通じる窓は三つしかない。そのうちのふたつは小さすぎて、小柄な幼児でもなければ通り抜けられない。今夜、残りのひとつから侵入するつもりでいる。三つ目の窓はほかよりも大きく、一般的な開閉方式になっている。錠は備わっているが、明らかに壊れている。以前の密やかな夜の訪問で、はじめてこの窓に近づいたとき、すぐさま不審をいだいた。窓の施錠を怠るのはエミリーらしくない。壊れた錠を放置するなど、信じられないほど無責任だ。この家がこれまで侵入されずに済んでいるのは幸運だったにすぎない、と。

窓をあけようとして、ペンキで塗り固められてあかなくなっているだけだとわかった。このささやかな事実からして、地下室は夫の担当で、どうやらエミリーは夫が地下室の戸締まりをしっかりやっているものと信じこんでいる。この家に引っ越すよりずっと前から、窓そのものがペンキで塗り固められているのなら、壊れた錠をわざわざ交換するまでもないと、夫は愚かにも考えたにちがいない。

エミリーはキッチンの窓から外を眺めている。むずかしい顔をして。物思いに沈んでいるようだ。視界からその姿が消える前に、こちらを見ているように思えた瞬間がある。一瞬だけ、目が合ったように感じる。もちろん、そんなはずはない。ただの思いこみだ。エミリーの背後の照明がそれを裏づけてくれるだろう。

その照明が消えても、ジェレミーは動かない。まだ隠れたまま、エミリーと夫が深い眠りに落ちたと確信できるまで待つ。待つのは苦にならない。ジェレミーの最も有用な資質のひとつは並はずれた忍耐力であり、最近はそれを活かさず、災いを招いている。今夜、同じ過ちは犯さない。はやる気持ちを抑え、安全になるまで待機する。瞬く間に二時間半が経つ。あっという間に。望めば一瞬だ。

深い闇の中を歩き、施錠されていない地下室の窓まで行く。エミリーの生活空間に侵入するのを妨げているのは、年代物のペンキで接着された部分だけだ。ここを抜けるには刃物を使うしかない。用意はできている。ブーツからナイフを抜き、窓枠に沿って鋸のように軽く動かす。研いだばかりの刃を受けて、古びて黄ばんだペンキに、卵の殻のようにひびがはいる。数十年物の有毒な鉛の薄片が宙を漂い、足もとの草に落ちていく。この窓が最後に開かれたのはいつで、最初にペンキを塗ったのはだれなのだろうと思う。窓を塗り固めるような人間は、投げやりな人間だ。なぜみなわざわざ手を抜くのか。社会はいつだってそういう凡人を生む。

この窓の見せかけの安全が終わりを告げるのを見届け、ジェレミーは喜ぶ。怠慢は結局のところ防備を弱くするのであり、ベッドで眠っている人間ほど無防備な者はいない。接着された部分を切り終えると、ポケットからネジまわしを出して窓と窓枠のあいだに差しこむ。ナイフの柄をハンマー代わりに打ちつけ、窓をこじあける。埃とペンキが闇に舞うとともに、窓がはじめてルイジアナの空気を吸いこむ。新たにできた開口部をくぐり、ブロワーなどの雑多な芝生の手入れ道具が並んだ埃っぽい作業台の上におりる。ぐらつく台の上で体勢を安定させてから床におり、一面の闇に目が慣れるまで待つ。

階段は古く、一階へのぼっていくと、小さくきしむ。キッチンに通じるドアを押しあけると、照明のひとつがつけっ放しになっている。ごみ箱のある一隅が照らされているのを見たジェレミーは、だれかが暗闇でごみ箱を必死に探したことでもあったのだろうかと思う。

古い家には付き物の、きしみやすい床を予想して、ゆっくりと動く。キッチンを出て、エミリーが夜はほぼ決まって中ですわっている部屋に行く。右側の壁沿いに置かれた骨董品のドレッサーに、手袋をはめた指を這わせる。古めかしく、自分の家にあっても溶けこみそうだ。天板の上には数えきれないほどの奇妙ながらくたがトロフィーのように飾られている。抽斗(ひきだし)のひとつをあけてみると、ミント菓子の詰め合わせが雑然と押しこまれている。意外な中身に思わず軽く笑ってしまい、かぶりを振りながら抽斗を閉める。

目につく家具の上には、決まってエミリーという人間の断片が散らばっている。この家にはいった者には一目瞭然だろうが、エミリーは家の中を移動しながら物をほうり出す癖がある――このテーブルには指輪、あのカウンターにはブレスレットという具合に。夜、パンのかけらを残していくということだ。見たところ、特別な品はない。ほしい品はない。探しているものは、近くに行けば向こうから呼びかけてくれるはずだと確信し、先に進む。

階段の下に立って暗い空間を見あげ、二階の廊下から漏れ出る暗闇にふたたび目を慣らす。一段目にあがり、肩を壁に押しつけながらのぼりはじめる。この階段が音を立てないはずがない。慎重に段を踏み、ダンスの振付のように一歩ずつ着実に足を運ぶ。木製の階段は空気の変化によって膨張と収縮を繰り返す。それを考慮すると、段の中央を踏めば十中八九は音が鳴るだろう。だから猫のように動き、壁際の端にとどまる。階段の壁には不揃いな額に収められた写真が並んでいて、その前に差しかかったときはぶつからないように注意しながらのぼる。二階に着き、足を止める。左側に閉ざされたドアがあり、その向こうでシーリングファンが静かにまわっている。ここでエミリーは寝ている。その事実を突き止めるために幾晩かかかったが、寝室のブラインドをエミリーが閉め忘れた夜があったおかげで、寝ずの番は報われた。その夜、エミリーは午前三時ごろに目を覚まし、階段の右側にあるバスルームへ行った。そして寝室に戻ると、窓の外を一瞥してからブラインドを閉めた。

息を吸い、すり足でゆっくりとドアに近づき、両手を木製の枠に押しつける。ファンの音に混じってかろうじて聞きとれる寝息の静かで規則正しい音に耳を傾けてから、ドアに背中を向け、体を下に滑らせて床にすわった体勢になる。ドアに寄りかかり、首をねじって右耳もドアに押しつける。腰を落ち着ける。耳を澄ます。

ふたりの寝室の外にすわったまま、一時間が過ぎる。優越感を覚える。寝室のドアのすぐ外に人がいるという事実を知りもせず、エミリーとその夫が一瞬だけ目を覚まして寝返りを打ったり、時計を見たりするさまを想像する。ふたりの安心感を踏みにじっているという感覚が快い。ふたりが無防備な状態にあり、安全だという意識が偽りのものだとわかっているのが快い。刃をひと振りすればふたりとも殺せるとわかっているのが快い。もちろん、殺したいのはやまやまだが、今夜は殺すつもりはない。今回の作戦にそれは含まれていない。無計画な欲望の解放はもうやらない。

今夜は、血以外のものを求めてここに来ている。ゆっくりと立ちあがり、間をとって呼吸を安定させる。不安に駆られているわけではない。純粋な興奮で息が荒くなっているだけだ。ドアノブを握り、ゆっくりとまわす。音もなくドアが開く。エミリーとその夫は入口の向かいのベッドで静かに寝ていて、ジェレミーが部屋にはいっても身じろぎひとつしない。忍び足で歩き、この空間の暗さの度合いにまた目を慣らす。ベッドの左側に行き、エミリーのそばでしゃがんで、ベッドサイドテーブルに置かれた品々を調べる。

隅が折れたペーパーバックの横に、指輪がある。大ぶりで、高価そうで、ダイヤモンドがちりばめられている。エミリーが人前ではけっしてはめない指輪だ。その優美な指に、こんなに目立つ品がはめられているのは見たことがない。これが本人にとって特別な品であるのはだれでもわかる。昔、講義の合間の雑談で話していた指輪にちがいない。祖母の形見らしい。指輪を拾いあげると、天板には埃が薄く積もっているのに、それの置いてあった場所だけがきれいなまま、まるく浮かびあがっているのが見える。固定された備品のように、ずっとこのテーブルに置かれているからだろう。愛着のある品であり、まさに探していたものだ。自分の小指にはめる。しゃがんだ姿勢から立ちあがる前に、最後に一度だけエミリーを見る。こちらに背を向け、片方の腕を毛布の上に出し、頭のてっぺんで雑にまとめた鳶色の髪が枕の上にこぼれ落ちている。同じ毛布を右手で握っている。エミリーのにおいを感じる。清潔なにおいだ。花のような香りでも、特別な香りでもないが、清潔なにおいであるのはまちがいない。

この場で終わらせることもできる。だれかがすぐそこにいることに気づく暇も与えず、手を伸ばして首を折ることもできる。こめかみにネジまわしを突き刺したり、喉をナイフで切り裂いたりしてもいい。一瞬で命を奪える。つかの間、その誘惑はあまりにも強く、計画を完全に覆(くつがえ)しそうになる。

しかし、襲ってきたときと同じくらいすみやかに、その誘惑は去る。自分たちの物語がそんな結末を迎えるはずはない。だれに殺されたのかもわからないまま、死なせるつもりはない。立ちあがり、静かに歩いてベッドの向かいのドアへ行く。寝室のほうを振り返り、ドアノブをまわしてそのまま押さえ、音を立てずにドアを閉める。無事に部屋から出ると、ノブからゆっくりと手を放してもとの位置に戻し、階段のおり口に行って、時間をかけて一階におりる。

侵入ルートを逆にたどって家から脱出し、きしむ地下室の窓を閉めると、夜の空気を肺に勢いよく吸いこむ。小指にはめた指輪に親指で触れながら、ふたたび木立を歩いて闇に消える。

32

レンは電話を見る。メッセージの通知とニュースのアラートがあざ笑うようにホーム画面に積み重なっている。ルルーから不在着信があり、その後に送信されたメッセージが大量の通知の弾幕の最上段にあって、折り返し連絡するよう急き立てている。リチャードがささやかながらも力づけようとして肩を握ってくる。それからキッチンのテーブルのレンの向かいにすわる。やさしげな顔で。レンはもし自分がリチャードで、こんな立場に置かれたらと考える。どう反応するべきかもわからない状況なのに、リチャードは完璧に接してくれている。

「きみがかかわる必要はないんだぞ、レン」少しのあいだ、ふたりとも黙っていたが、やがてリチャードが言う。

レンは顔をあげる。目は疲れ、頭はぼやけている。この数週間、衝撃を受けてばかりだ。ルルーに家まで送ってもらったあとは、事件のことをどうにかして考えまいとしたが、細部がつぎつぎに浮かびあがってくるだけだった。ほかの被害者の姿が頭から離れなかった。とりわけ、滅菌された冷たい台の上に横たわる気の毒なエマの姿が。そのとき、閃いた。ドクニンジン。あまりにも奇妙な、珍しい凶器。実際、めったに使われないので、これまでのキャリアでそれが使われたのは一度しか見たことがない。

「わかっている。気を使ってくれてありがとう。でも、わたしの知っていることをほかの人にも伝えないと」レンは答え、指にはめた指輪をいじくる。「わたしは何週間もこの事件を調べている。そして何年間もブッチャーに怯えて暮らしてきた。どんな結末になっても、協力しないわけにはいかない」

リチャードはうなずき、テーブルに両肘を突く。

「きみを信じるよ。とにかく、自分のペースでやってくれ。いいな？　心の準備ができたらジョンに連絡するといい」

「連絡するならいまをおいてほかにないと思う」レンは答えて立ちあがり、早くも歩きまわりながら、電話の呼び出し音に耳を傾ける。

「マラーか。おはよう」呼び出し音が二回鳴ったあと、ルルーが出る。

「おはよう。あなたの用件を聞く前に、ほかに話しておかないといけないことがあるの。何年か前にわたしが担当した事件を覚えている？　年配の女性が、成人した息子によって救急救命室に運びこまれた事件よ。女性は鬱病の既往歴があって、過去に何度か自殺未遂を起こしていた。その夜も自殺を試みて何かを摂取したかもしれないと息子は話していた。女性は激しく痙攣し、呼吸困難に陥っていたという報告を受けた」レンはことばを切り、ルルーが事件の詳細を思い出したか確かめようと、反応を待つ。「女性は病院に運ばれてからほどなく、わたしのところへまわされることになった。死因はあとから判明したけど、寝酒の赤ワインに混ぜこまれていたドクニンジンだった」

「ドクニンジンだって？　あんなものがよく使われるのか？」ルルーは尋ねる。かぶりを振りながら事件と事件のつながりを懸命に解明しようとするその姿が目に浮かぶ。

レンはつづける。「その哀れな女性は、筋肉の痙攣によって体がばらばらになってしまったようなものだった。身の毛もよだつ死に方だし、だからこそこんな方法で自殺するとは考えにくい。救急救命室に着いてから十分もしないうちに、監察医務院送りになった。でも、他殺の証拠は何もなかった」

「思い出したぞ。そうだ。そんな事件があったな。二、三年前だったか？　確かにわれわれは不審に思ったが、きみの言うとおり、捜査に乗り出すほどの具体的な証拠がなかった」

「監察医として何年も働いていて、ドクニンジンによる死亡事件はほかにひとつしかめぐり合っていない。墓地で発見されたあの女性よ」

「ふたつの事件には関連があると考えているんだな」

「あの男の仕業よ、ジョン。わたしにはわかる」

「ドクニンジンで死んだ年配の女性のほうの名前は？」

「モナ。顔がモナ・リザに似ていたから覚えている。記録を調べておいた。フルネームはモナ・ルイーズ・ローズ。最近親者はジェレミー・カルヴィン・ローズとなっていた」

回線の向こうでルルーがため息をつく。レンは歩きまわりながら深く息を吸い、目を固くつぶる。

「実は、その名前は初耳じゃない。フィリップ・トルドーと話したんだよ。きみの読みがあたっていて、きみが思ったとおりの人物だった。トルドーが明かした名前もジェレミー・ローズだった」

レンは不意に目眩に襲われる。ここ数日、ろくに眠らず、自動販売機の軽食ばかりでしのいで、すでに過負荷状態だった脳に情報が押し寄せてきた結果にちがいない。

ルルーが沈黙を破る。「ゆうべ、あのバーにいた人物が名乗り出た。男が被害者を連れて車で去るのを目撃したと言っている。人相を訊いたが、たいして役に立たなかった。容疑者に笑いかけられ、それが記憶に残っているとしか言わなくて」

目撃者がカルの笑みにことさら言及するというのは意外ではない。カルの笑みは確かに印象に残る。理由はもっぱら、笑みが少しゆがんでいるからだ。それはどこか魅力的で、笑みを見せたときのカルは不思議と気安い雰囲気になる。

「そうね、あの笑みを覚えているというのは納得できる」静かに言い、テーブルで心配そうに聞いているリチャードを見る。

ルルーはつづける。「さらに調べて、ジェレミー・ローズの身元を特定できるか確かめてみる」

咳払いする。声がしわがれている。

「ローズ家の住所がわかったら、宣誓供述書をまとめ、判事のところへ持っていく。犯人は逃亡を図る可能性が高いから、なるべく早く逮捕に向かわなければならない。ニュースが大々的に報じられているせいで、いまごろ犯人は自分がしくじったことを知っているにちがいない」

「わたしも現地に行く。令状を発付してもらったら、いっしょに行きたい」

ルルーはにべもなく言う。「レン、それはだめだ。きみがそこまでする必要はない。もう充分に働いてくれたんだから。きみがいなかったら、この変態野郎の尻尾はつかめなかった。何もかもきみのおかげだ。きみが後方で待機してもだれも文句は言わないさ」

「そんなふうに言ってくれてありがとう、ジョン。ほんとうに感謝している。でも、わたしも行く。あの男の家にもう死体が残っていないとは言いきれないでしょう？　未解決の行方不明事件がまだあるし、あの男の沼地でそういう人たちの腐乱死体が見つかってもおかしくない。監察医なら現地に行かないと」

「レン……」

レンはさえぎる。「それに、もしあの男が逃亡を図ったり、身を潜めていたりするのなら、わたしの姿を見て誘い出されるかもしれない。あの男はわたしの注意を引くためにずいぶん骨を折ったんだから。いまさらわたしから隠れると思う？」

ルルーはため息をつく。「きみを囮にするつもりはないぞ、レン」

「わかっている。とにかく現地に行きたいのよ。連れていって」レンは懇願する。

回線の向こうで、ふたたび沈黙が流れる。小声で悪態をついたあと、ルルーは折れる。

「きみは大人だ。正当な理由があるのに、行くのを止めることはできないな。署で待ち合わせよう。ちょうどブルサードが来たところだから、令状を請求しにいく」

「わかった、またあとで」

レンは電話を切り、リチャードに視線を戻す。やさしげな顔が心配でゆがんでいる。

「行くのはよせ」リチャードは強い口調で言う。

不安になるのももっともだとレンは思う。立場が逆なら、自分だって夫をこんな状況に深入りさせたくはないだろう。

「リチャード、気味が悪いのはわかる」と切り出し、キッチンを横切って夫の隣の椅子にすわる。

「気味が悪いどころじゃない、レン。背筋が凍る。それに、危険が大きすぎる！　その男はきみを殺そうとしたんだぞ。きみの命を奪おうとし、きみをおびき寄せるためだけに、何年も潜伏生活をつづけたんだ」リチャードは息を切らして叫ぶ。「それなのに、そいつの家に行きたいだって？　正気じゃない。正気じゃないし、きみにそんなことをさせるわけにはいかない！」リチャードは声をうわずらせ、手を口にあててかぶりを振る。「悪いが、だめだ」

「わかっている。わかっているから。でも、法執行機関の人たちがわたしを取り囲むはず。ジョンにウィル、ほかにもおおぜいの武装した警官が現地に行く。必ずわたしの安全を確保してくれるし、わたしだって自分の身を危険にさらすような真似はしない」

「行くだけでも危険だ」

「必ずあなたのいるこの家に帰ってくる。約束する。わたしはただ、始末をつけなければいけないの。あの男が手錠をかけられて連行されるさまを見届けないといけない。さもないと、もう二度と安眠できない。お願いだから、そこは理解して」

レンは泣きだしそうになる。肉体的疲労と精神的負担のせいで、懸命に保ってきた強固な壁も崩れかけている。リチャードは目を伏せ、気を静めてから、すぐにまた顔をあげる。目をせわしなくしばたたき、自分も涙をこらえている。目の縁が赤くなり、不安に彩られている。そしてレンの両手を握る。

「ぼくのいるこの家に帰ってきてくれ」と切に願う。

レンはその手を握り返し、身を乗り出して額と額を触れ合わせる。

「約束する」

33

ジェレミーは年代物の指輪を指ではさんでくるくるとまわす。家の中を歩きながら、息を整え、少しでも冷静になろうとする。この古く美しい農家は人生を通して自分の一部だった。ここで育ち、ここで教訓を学び、いまはここで狩りをしている。

含み笑いをしながら指輪をポケットに入れ、複雑な彫刻が施されたドア枠を撫でる。つかの間、すべてが変わろうとしていることが信じられない気持ちにとらわれる。自分という存在のようすがとして慎重に組み立てたものが一変してしまうのが信じられない。自分の中で何かに火がつくのを感じる。過電流が流れたかのように、それまで撫でていた木枠をとっさに殴りつける。指の付け根が裂けて赤く染まり、視界も怒りで赤く染まる。指を曲げるたびに破れた皮膚が引っ張られてうずく。白いドア枠にそこを物憂げになすりつけ、指先でなぞると、血のしずくが足もとの床に落ちる。何度か瞬きしても、視界は赤いままだ。何もかもが赤い。人生で最大の過ちを犯したために、この聖域から立ち退かざるをえない。これほどの怒りを感じたことはない。

エミリーに報いを受けさせてやる。

ゆっくりと大股で歩いて家の表側のリビングルームに行き、怒りに酔っているのを実感する。気がつくと骨董品のクリスタルガラスの花瓶を持ってひっくり返していて、強く握ればそれが粉々になるように感じる。指の付け根から流れる血が緑がかったガラスを汚している。手から滑り落ちるより先に目の前の壁に投げつけ、しわがれたうなり声を漏らす。花瓶は砕け、美しくも危険な雨となって降り注ぐ。ガラスのモザイクが足もとの床に落ちて跳ねる。

動きを止めてガラスの破片を見おろす。光が踊り、取り乱したジェレミーを映し出し、プリズム作用を生んでいる。荒い息をつきながら立ち尽くす。これほど獣じみた怒りを経験したことはめったにない。深々と息を吸い、無傷なほうの手を使って、額に垂れたひと房の髪をもとに戻す。キッチンに行き、念入りに手をひっくり返して裂けた指の付け根を調べる。蛇口をひわり、孤独に感情を爆発させた証拠を洗い流しはじめる。血が赤からピンクに変わり、水と混ざり合って渦を巻きながら鋼鉄製のシンクに流れていく。窓の外に目をやり、地球の裏側までつづいているかに思える広大なバイユーを眺める。一分にも時間にも思える時間が過ぎたあと、手を拭き、傷ついた指の付け根の三ヵ所にメディカルテープを巻きつけ、指を曲げてなじませる。

また歩きだし、部屋から部屋へとさまよい、スナップ写真を撮るように情景を記憶に刻みつけていく。この記憶は、これからも自分が自分でいつづけるために使う。きょう、死ぬつもりはない。いつの間にかリビングルームに戻っていて、怒りの証拠がまだ残っている。片づけはしない。メッセージとして、脅しとして残しておくほうを選ぶ。だれの血なのかと、少しでも警察が悩めばいいと思う。ガラスの破片を踏み砕く音が、周到に計画した突入を混乱させればいいと思う。

ポケットに手を入れ、もう一度指輪をいじる。部屋の真ん中に置かれたコーヒーテーブルに目が行く。舞台の中央に陣どっている。その上の見落としようがない場所に指輪を置く。海上を漂流する一隻の船のように、それだけが天板の上で目立っている。笑みを浮かべて後ろにさがり、自分の目でその演出効果を確かめる。

お帰り、エミリー。

34

レンは部屋の奥にすわっている。警察署は騒然としていて、あちらこちらで警官に指示が出されている。三十分前、捜索令状と逮捕令状を手にしたルルーとウィルがこの建物にはいってきたからだ。バーの外にいた目撃者と、タラに酒を出したバーテンダーの証言から、容疑者は特定された。

「よし、全員、それぞれの役目と持ち場はわかったな?」警部補が周囲の喧噪を圧する大声で叫ぶ。

ルルーがレンの隣の椅子にすわり、前かがみになって腕を腿に乗せる。

「道具は持ってきたのか?」と藪から棒に訊く。

深い眠りから揺り起こされたように、レンはびくりとする。

「ええ。車の中にある。どうして?」

「きみはおれといっしょに行くからだ。調べなければならない死体があったら、バンの技師たちを呼べばいい。きみはおれたちの車に残ってもらう」レンが文句を言う前に、ルルーは首を横に振る。「きみのわがままには耳を貸さないとリチャードに約束した。交渉の余地はない」

「ぐうの音も出ないわね！」レンは言い、降参のていで両手を掲げる。

ルルーは立ちあがり、手を伸ばしてレンを助け起こす。

「この事件が片づいたあとも、それくらい従順でいてくれたらいいんだが」

レンは残ったなけなしの力でルルーを突き押し、ルルーはよろめくふりをする。

「それは当てにしないでよ、ジョン」

車の後部座席はレンの気に入りの場所ではない。子供のころから、すぐに乗り物酔いをするのがつねだったからだ。きょうだって例外ではない。

「あなたの運転のせいで吐きそうなのか、裏庭でわたしを狩ろうとした男をこれから不意打ちするせいで吐きそうなのか、どちらなのかしらね」レンは言い、窓をあける。目をくるりとまわし、風を浴びて胃を少し落ち着かせる。「ここは笑うところよ。さあ笑って」

ルルーとウィルは忍び笑いを漏らす。

「仕事でこんなことをするとは思ってもいなかったな」ウィルが言い、目をこする。

ルルーはとまどった顔だ。「なんだって？　大量殺人犯をつかまえるとは思ってもいなかったのか？　それがこの仕事の醍醐味みたいなものじゃないのか？」

「まあ、もちろん思ってはいたさ。だが、こんなに劇的な展開になるとは思ってなかった」

「なるほど、おまえの言うとおりだな。何から何まで刑事ドラマの《トゥルー・ディテクティブ》そのものだ」

今度はレンが忍び笑いをする。

「わたしだってこの手の劇的事件のために死者を扱う業界にはいったわけじゃない。確かに、自分自身が残忍な殺人犯の被害者になりかけたあと、そういう被害者の声を代弁するために人生を費やすというのはいかにもありきたりだけど」レンは軽口を叩き、手で顔を撫でる。「でも、わたしが死体安置所を選んだのは理由があるの。静かで、秩序があるからなのよね」

三人のあいだに心地よい沈黙が流れ、車はジェファーソン郡の寂れた裏道を進み、モンツ地区をめざす。ローズ家の住所はルルーが難なく突き止めたので、いまそこへ向かっている。ローズ家は、一年中アウトドア好きがよく通る踏みならされた小道沿いの、広い土地にある。木立が密になり、路面が荒れてきたので、レンは目的地が近いことを察する。喉に吐き気がこみあげるのを感じながら、メディカルバッグを握り、親指で指輪をこする。

エヴァンジェリン・ロード三五番地に至る長く曲がりくねった私道にはいると、空気が濃くなったように思える。三人とも孤立した環境を無言で眺めながら、先行する二台の警察車両についていく。なんの前触れもなく、その家が視界にはいる。アドレナリンを胸に注射されたかのようだ。レンの鼓動が速く、激しくなる。呼吸も速く、浅くなり、顔が火照る。パニック発作に襲われかけるが、ずっと前にセラピーで学んだ呼吸法を使って息遣いをゆるやかにする。鼻から息を吸い、ゆっくりと口から吐く。

沼沢地のただ中にあるにしては、家はできるかぎりの手入れをしてある。古いが、庭は世話が行き届いていてきれいだ。新車らしいニッサン・アルティマが私道に停めてある。敷地の裏からバイユーとヌマスギの森が見渡すかぎり広がっている。桟橋や木道がまばらに設けられているが、大半は手つかずで自然のままだ。美しくも、恐ろしくもある場所で、怪物が猟場とするにはうってつけだろう。

ルルーが体をひねり、心配そうな顔を後部座席のレンに向ける。

「これだけ広いバイユーだと、目が行き届きにくい。ほんとうに大丈夫か、マラー」と訊く。

大丈夫そうに見えないことはわかっていたが、レンはうなずき、断言する。「平気よ」

ルルーは少し待って、レンの顔に迷いがないかを探る。

「わかった、まずは一チームが突入し、ここの安全を確保する。犯人がいたら拘束する。特にきみが同行しているとき、われわれがいかなる形の待ち伏せにも遭わないように万全を期す」ルルーは説明し、鋭く息を吸う。「われわれはきみから目を離さない」

「わかった。信頼している」レンは感謝をこめて言う。

ルルーはうなずき、警官の最初のチームが家を包囲するのを見守っているウィルに顔を向ける。警官たちは玄関のドアをノックして待つ。レンは気がはやってもう息が詰まりそうになる。何も起こらない。警官たちは何度かノックしたあと、ドアを蹴破る。四方からチームの面々が殺到し、われ先にと家に押し入る。

レンは目を固くつぶる。ノイズキャンセリングヘッドフォンをかぶったときのように、急にあらゆる音が弱まり、ひずんでいる。銃声や爆発を待つ。何か恐ろしいことが起こるのを待つが、何も起こらない。くぐもった足音と、部屋が無人であることを確認する抑えた叫び声しか聞こえない。

重装備の若い警官が玄関ポーチに出てくる。ルルーとウィルに向かって腕を振り、大声で言う。「容疑者はいません！　もぬけの殻です！」

ふたりは返事代わりにうなずき、車のドアをあけて外に出る。ルルーの許可を得て後部座席から出たレンは、うだるように熱い空気に包まれる。

「死のにおいがする」鼻にその空気が触れたとたん、レンは言う。

ルルーは無意識のうちに鼻に皺を寄せる。

「まったくだな。確かにひどいにおいだ」

レンは首を横に振って訂正する。「いいえ、文字どおり死臭がするのよ。近くに死体がある」

周囲に目を走らせる。三人で玄関ポーチへ向かい、数十年にわたるルイジアナの過酷な気候にほとんど耐えられずに剝げたペンキを踏む。玄関ホールにはいると、においが強くなる。あの男は長いあいだこのにおいに包まれていたせいで、鼻が慣れているのだろうかとレンは思う。ウィルとルルーに左右からはさまれる形で、リビングルームに足を踏み入れる。家具は古めかしく、一九四〇年代に戻ったように感じる。美しい窓の手前には緑色のビロードを張った長椅子が置かれている。ランプは凝った意匠で、室内に柔らかな光を投げかけている。壁は美術品で覆われ、時代も様式もちがうさまざまな絵画が並んでいる。美術館と売春宿を足して二で割ったかのようだ。これほど怯えていなければ、魅惑的にさえ映ったことだろう。

そしてそれを見つける。

コーヒーテーブルの真ん中の、鏡面仕上げの大皿の上に、祖母の指輪が置かれている。

歩み寄り、しゃがんで目の高さを合わせてそれを見る。サイズが小さすぎるので指にはめることはないが、ベッドサイドテーブルにいつも置いている品だ。これが隣にあると安心して眠れる。けれども、ここ何日か自宅のベッドではろくに寝ていないし、寝たときも仕事のことばかりが頭を占めていたから、なくなっていることに気づかなかった。

「ジョン」声がうわずり、レンはコーヒーテーブルの縁を両手でつかむ。ルルーが駆け寄って背中に手をあてる。

「マラー、どうした？ 外に出たいのか？」慌ててレンの表情を探るが、そこでレンの目の前の指輪に視線を移す。「何があった？」

レンは不意に身の危険を感じる。周囲を見まわし、あの男が飛び出してくるのを覚悟する。が、そうはならない。

「この指輪。わたしのベッドサイドテーブルから取ってきたのよ」レンは力なく言い、それに目を凝らす。

ルルーは茫然としつつも、撮影係に合図して指輪の写真を撮らせる。

「マラー、きみが昔、犯人とかかわったとき、これがきみのベッドサイドテーブルに置いてあったということか？」

レンはゆっくりと首を横に振ってから、ようやくルルーと目を合わせる。「いいえ、これはわたしがいま使っているベッドサイドテーブルから取ってきたのよ。いま住んでいる家から。先週のいつか、枕もとから盗まれたということ」すばやく立ちあがり、一拍置いて体勢を安定させる。ルルーもそれに合わせて立ちあがる。「あの男はわたしの家に侵入したのよ、ジョン」

レンはそう思うと体がふらつくのを感じ、涙が出そうになるのをこらえる。目眩に襲われる。

「レン。なんと言えばいいのか。ことばが見つからないよ」ルルーは言い、気遣わしげに唇を噛む。

「いいの。この件はあとまわしにしましょう。わたしはそれでかまわないから。このままつづけましょう」レンは言い、決意を固める。

「ここに血痕がある」ルルーは新しい血が垂れて筋を作っているドア枠を指差す。その下の床に血のしずくがしたたっている。レンは左側の砕け散った緑色のガラス片に視線を移し、それらも新しい血で汚れているのに気づく。

「このガラスの破片でだれかが怪我をしたのかもしれない」平板な口調で言う。

「サンプルを採取しろ」ルルーは別の警官に指示し、レンを手招きしてつぎの部屋へ向かう。

つぎに踏みこんだのはキッチンだ。汚れひとつなく、明るい。飲みかけのコーヒーのマグカップがカウンターに置かれている。レンの背筋に寒気が走る。ダイニングルームに移動する。ここも古風で、売春宿を思わせ、タイムスリップした感覚にとらわれる。二階にいる警官が声を張りあげ、被害者の着衣らしきものがはいった箱があると伝える。

「急いで上に行ってくれるか？」ルルーにうながされた撮影係がきしむ階段を駆けあがって二階へ向かう。

「外に何かの死体があるのはまちがいないが、これだけにおいが強いということは、中にも死体があるはずだ」

「さっき、地下室に何かあると聞いたぞ」ウィルが足を踏み換える。「家の外から中ににおいが流れこんでるだけだと思ったら、あけたままの冷凍庫があったそうだ」

「冷凍庫？」ルルーは眉を吊りあげる。

「行ってみるか？」ウィルは脇にどいてふたりを先に通す。

レンはうなずき、ルルーに従って地下室への階段をおりる。においで息が詰まりそうになる。上や外のにおいとは段ちがいだ。まるで濡れた砂を掻き分けながら階段をおりているように思えるほど濃密に感じられる。

下に着き、角をまわる。レンはここにまったく見覚えがない。この地下室に来るのははじめてだが、想像していたとおりだ。清潔で、無菌室を思わせ、整頓されている。

奥の壁際に椅子が並んでいる。頑丈な作りで、太い肘掛けを備えている。裁判所にありそうな椅子だ。近づいたレンは、それが床にボルト留めされ、コンクリートに固定されているのを見てとる。肘掛けには革紐と錆びた堅固な鎖が巻かれ、赤茶色の血にまみれている。どの椅子の座面も血溜まりで汚れ、あふれた血が脚を伝って下の明るい灰色のコンクリートに垂れている。

「聖書の研究用ではなさそうだ」ルルーが皮肉を言い、レンの隣にしゃがんで、手袋をはめた手で椅子の脚を揺すってみるが、びくともしない。「この血液のサンプルも採取させないとな」

空気はよどんでいる。ルルーは腐肉のきついにおいを嗅ぐまいと、シャツの袖を息ができなくなるほど強く顔に押しつけている。レンは隅の白い冷凍庫のほうへ行く。蓋があけられ、プラグが床にほうり出されている。においがさらに生々しくなる。一歩近づくごとに、何重にも積もった悪臭が手榴弾さながらに爆発する。冷凍庫のそばをうろつき、意思の力で中を見る。死者は怖くない。怖いのは、死者が何を語るかだ。

「マラー、中には何がある？」椅子の近くに立ったまま、ルルーが尋ねる。

レンが見ているのは女だ。若く、ブロンドの髪がこの不浄な安息の場所で体から漏れ出た血やほかのさまざまな体液で黒ずんでいる。生気のない赤い目はかつては緑か青だったはずだ。だが、いまは濁って血走っている。両頰が腫れあがり、なんらかの外傷によって目や鼻や口からあふれ出た血がそこに溜まっているのが見てとれる。

「あの男はあなたに何をしたの？」声に出して訊く。手袋をはめた手を伸ばして女に触れようとするが、思いとどまる。

「少なくともこのにおいの発生源はわかったな」ルルーが隣に来て、身ぶりでほかの警官に引き継ぐよう伝える。「上に行って、少し風にあたろう」

レンはわれに返り、ルルーに顔を向ける。「なんですって？ だめよ。これこそわたしがここに来た理由なんだから。わたしは監察医なのよ。ここには調べなければならない死体がある」

「もちろんそうだ、マラー。だが、これは大仕事になる。少しくらい新鮮な空気を吸いたくなっても無理はない。だれもきみを責めないさ」ルルーはそう言って肩をレンの肩に軽くぶつけ、気遣いを見せる。

「わたしなら大丈夫。これがわたしの仕事なのよ。道具を取ってこないと。上に置いたままだから」レンは固い口調で答え、階段へ向かいながら、椅子にもう一度目をやる。

心臓が胸の中で暴れている。腐肉と男物のコロンのにおいが混ざり合い、吐き気を催すにおいを作り出している。頭に霧がかかったようになっているが、それを振り払う。ルルーとウィルがすぐ後ろからついてきて、一階のキッチンへと階段をのぼっていくあいだ、ふたりの声を潜めたやりとりが聞こえる。

「上に行ったら、マラーのそばから離れるな」ルルーが聞きとれないほどの小さな声で、ウィルに言う。

「わかってる」ウィルがぶっきらぼうに答える。

レンはテーブルに置いてあったメディカルバッグをつかみ、少し心を落ち着かせる。向きを変え、また階段をおりようとしたとき、廊下から年配の警官が現れる。

「音楽が聞こえませんか」警官は尋ねる。

家の中は警官が動きまわっているが、レンは聴覚に神経を集中する。ウィルとルルーも耳をそばだてる。確かに遠くから何かが聞こえる。かすかで、外から聞こえてくるように感じる。

ルルーが手を振ってうながす。「行こう。外だ。裏に警官がいるから、調べにいこう」

三人が外に出ると、音楽がもっとはっきりと聞こえる。前に広がる樹海は静かだが、完全に沈黙しているわけではない。まだ少しくぐもっているが、バイユーの生き物たちのオーケストラに混じって、バッドウッズの《ブラック・マジック》が流れているのは確かだ。

不快なほど陽気な曲で、耳障りな音がまとわりついてくる。レンは震える息を吸い、自分を呑みこもうとする不安を追いやろうと試みる。

「何から何までカルらしい」レンは言い、エミリーとして最大の恐怖を味わったとき、音楽に押し潰されそうになったことを思い出す。

「カルはミュージカル少年だったのか？」ルルーが振り返り、いたずらっぽい笑みをレンに向ける。

レンはルルーがこんなときだからこそふざけてくれたことに感謝して答える。「ちがうけど、いまごろになって青春を取り戻そうとしているみたいね」

裏口のがたつく階段をおり、深い森へ分け入っていく厚板に乗る。四方でヌマスギがからみ合ってこの一帯を覆い、陽光もそれを貫けずにいる。被害者たちはここに連れこまれた。逃げようとしてここで脚を切った。陰鬱で不吉な印象を受ける場所で、あまりにも長いあいだ悪に触れていたためにそれ自体も悪に染まっている。

前後に警官をひとりずつ配し、三人は裏庭に踏みこむ。ルルーとウィルはふたりとも銃を抜いている。進むにつれて音楽が大きくなり、木立でやかましく鳴いているセミと競い合っている。この猟場の奥へ行くほどに腐臭が耐えがたくなる。水辺に着いたとき、レンはその発生源を発見する。

「においのもとがわかった」小声で言い、沼の端に不自然な恰好で横たわっている黒っぽい死体を指差す。

三人は固まって移動する。腐臭がこの世のものとは思えないほどきつくなる。死体は天候と虫によって急速に分解されつつあるが、レンは被害者が男性だと判定する。こめかみのあたりに明らかな外傷があり、銃創のように見える。電話で手早く写真を撮り、メディカルバッグからピンセットを出して仕事にとりかかる。射入口から弾丸を摘出し、目の高さに掲げる。

「きみがいてくれてよかった、マラー。きみの言うとおりだったな」ルルーが手袋をはめた手で口と鼻を覆いながらかぶりを振る。

レンは得意げに笑い、弾丸を小袋に入れてメディカルバッグにしまう。留め金をはめたとき、ルルーが背中を反らし、傷ついた獣のような叫び声をあげる。それから前かがみになり、体の横を下にして倒れる。左脚をつかんでいる。そのふくらはぎから突き出た狩猟用の矢に、レンの目は釘付けになる。金属製で、長い。それが与えた傷は驚くほど大きい。レンは身を乗り出して手当てをはじめる。

「警官がやられた！」ウィルが叫ぶ。

間を置かず、二発目が一行のほうに放たれる。今度の矢は別の警官の背中に命中する。

警官は前のめりに倒れ、レンは思わず悲鳴をあげる。ルルーは苦痛でうめき、脚をつかみながら木立に必死で目を走らせている。ウィルがルルーとレンのかたわらに立つ。だれもが混乱し、矢がどこから放たれたのかわからず、自分たちが格好の標的になったように感じる。

小枝が折れる。

「エミリー」

落ち着いた声で、聞き覚えがある。レンはルルーの傷口から顔をあげ、その男を見る。老木の脇から出てきた男は、クロスボウを持っている。それをレンにまっすぐに向けている。最後に見たときもそうだったように、長い髪が額に垂れている。黒いTシャツと黒っぽいジーンズを身に着け、黒いコンバットブーツを履いている。冷静で、満足げな様子だ。時間をとってレンの品定めをしている。その視線を受けたとたん、レンは七年前のあの夜に引き戻されたように感じる。あのときと同じ焦りと同じ怒りを感じる。男の目はやはり生気がなく、年月を経ていっそう暗くなっている。

つかの間、レンはカルをただ見つめ返す。あるいはジェレミーを。いまは別の名なのかもしれないが。何をやりかねない男かは知っている。ルルーが握っている銃を抜きとり、立ちあがってそれをカルに向ける。カルはクロスボウでレンを狙ったままで、ゆがんだ笑みをゆっくりと満面に浮かべる。そしてクロスボウを脇におろす。

「撃て！」レンの下でルルーがわめく。

レンはためらい、一瞬だけその場で凍りつき、引き金を引く指が動かせなくなる。突然、銃声が響く。レンが見つめる中、カルは後ろによろめき、クロスボウを取り落として胸を押さえる。両膝を突き、近くの下生えに倒れこんで、生い茂った草木ですぐに姿が見えなくなる。陽光がどうにかして樹冠を貫こうとしている。日中なのに、四方に暗闇が潜んでいる。レンは恐怖でなおも麻痺したまま、ほんの少し前までカルが立っていた何もない空間に銃を向けつづける。右を見ると、ウィルがかばうように立っていて、発砲したばかりの銃をおろしている。レンの肺から勢いよく息が漏れる。

警官たちが下生えに駆け寄り、ウィルもすぐあとにつづく。

「マラー、ルルーといっしょにいろ！」振り返って叫ぶ。

レンはうなずくしかなく、カルがこちらを見おろしていた場所を見つめつづける。枝の折れる音やしどろもどろに指示する声が聞こえるが、頭が水中にあるように感じる。どうにか警戒態勢をとると、轟音が空気を切り裂く。鼓動が激しくなり、額に冷や汗が浮かぶ。十秒ほどの間を置いて響いた二発の銃声によって、鳥たちが四方に飛び立ち、頭上で金切り声をあげている。わずかなあいだ、レンは目を見開いて茫然とする。セミや鳥やヒキガエルや葉がいっせいに騒ぎ立てる音でわれに返る。耳を澄ます。

「ドクター・マラー」

若い警官が木立から現れ、レンはびくりとして手にした銃を握り締める。警官はレンの怯えようを見てとり、両手をあげて穏やかに言う。「驚かせてすみません。ブルサードが容疑者のところにいます。死亡しているのを確認してもらいたいのですが」

レンはルルーの銃をおろし、熱い空気をもう一度吸いこんでからうなずく。ルルーに目をやる。

「置いていっても大丈夫？」

「いやだと言ったら？」ルルーは軽口を叩き、そのせいで痛みにたじろいで脚をつかむ。

「気をつけろよ、マラー」

「わたしなら大丈夫。彼のために救急隊員を呼んで。お願いね」レンは若い警官に指示する。

警官はふたりに近づくと、早くも肩の無線機をつかんで救急隊員に小道の先まで来るよう頼んでいる。レンはため息をつき、額の汗を拭うと、木立のほうへ向かう。ヌマスギの老木の太い根をよけながら進んでいくと、近くから警官の話し声が聞こえてくる。サルオガセモドキが顔を撫でる。枝が折れ、泥にはっきりとした足跡がついている。何もかもが動き、息づいている。陰鬱な場所だが、命があふれている。

「マラー」近づくと、不意にウィルから声をかけられる。「容疑者は自分の口の中を撃った」

ウィルはぶっきらぼうに言い、レンは唾を呑みこんでこの情報をすみやかに理解する。

「確認する」と答える。「それから、ありがとう」

すれちがいざまにウィルはレンの手を握る。「礼にはおよばないさ」

レンはウィルの手を放してカルの死体に歩み寄る。仰向けに倒れていて、血が顔と胸に飛び散っている。目は見開かれ、ぬかるんだ地面の上からこちらを見返している。いつも清潔で冷静だった男が、ついに中身どおりの怪物らしい見た目になっている。

手袋をはめてかがみこみ、脈を確かめる。脈はない。

「死亡している」冷ややかに言う。

携帯電話を出して監察医務院の番号を押し、助手と技師にここに来るよう伝える。背後の警官たちのほうを振り返ったとき、何かが目を引く。こちらを見あげる顔にどこか違和感を覚える。手袋をはめた手で死体の顔から血を拭い、その向きを少し変えて真正面から目を合わせる。緑色の目をのぞきこんだとき、心臓が止まったかに感じる。おぼつかない手つきで黒いTシャツを胸までめくり、ウィルが先ほど撃った銃創を探すが、肌はなめらかで、傷がない。

「カルじゃない」レンは信じられないという口調で言う。へたりこみ、地面を後ろに這って見知らぬ死体から離れる。はじめて死者に怯える。

「やつに決まってる!」ウィルが駆け寄ってレンの肩をつかむ。「マラー、何を言ってるんだ」

レンは首を横に振り、自分の中でパニックが湧きあがるのを感じ、叫ぶ。「ちがう! 別人よ! これはカルじゃない、ウィル!」

「さっきあんたはこの男がだれなのかわかってた。おれもその様子を見た。あんたたちは互いに相手がだれなのかわかってた」

「確かにわかっていた。お互いに。あそこにいたのはカルだった。でも、いまここで死んでいる男は別人よ」レンは説明し、深く息を吸う。「あなたが撃ったところに銃創がない」

ウィルは何か言おうとして口を動かすが、ことばが出てこない。そばの死体を見据える。筋が通る説明を探しているのは明らかだ。

「そんなばかな。確かに胸を撃ったのに」

「これが自分で撃った銃創なら、銃はどこに行ったの? この男は自分を撃ってはいない。

だれかがこの男を撃ち、わたしたちが死体を見つけるように仕組んだのよ」

ウィルの視線がレンの目と死体のあいだをせわしく往復する。それから顔をあげ、右にいた警官に指を突きつける。

「この一帯を徹底的に捜索しろ。容疑者を捜すんだ。いますぐ」

警官たちが四方に散る。

ウィルはレンに視線を戻し、警官のひとりを呼び止める。警官が駆け寄る。「ドクター・マラーをルルーのところに連れていき、ふたりが救急隊員とともにここから安全に立ち去るまで見届けろ」

レンは抗議しかけるが、ウィルにまたさえぎられる。

「あんたの仕事は終わりだ。ルルーを病院に連れていってくれ」

レンは立ちあがってウィルの腕を握ってから、向きを変え、護衛の警官を従えて生い茂った草木のあいだを引き返す。小道を進み、芝生に停められた救急車のほうへ向かい、救急隊員に手を振る。

「いま行く」と言う。

救急隊員はうなずき、ドアをあける。ストレッチャーに乗せられたルルーの姿が見える。上半身を起こしていて、レンに安堵のまなざしを向ける。

「終わったのか？」と訊く。

レンは首を横に振り、ルルーのそばの小さなベンチに腰をおろす。ドアが勢いよく閉められ、エンジンがかかる。

「いいえ」静かに答える。

ルルーはレンと目を合わせようとするが、レンは目の焦点が合わない。顔をあげ、ルルーの視線を受け止める。

「あの男に逃げられてしまった、ジョン」

35

ジェレミーは家の敷地の外にある沼地から姿を現し、足を止めて息を整える。Tシャツの下に着た防弾ベストが汗みずくの肌にこすれている。こんなものは二度と着たくない。体を締めつけられるし、息が詰まる。だが、必要なときに性能を発揮してくれたことには感謝する。周囲の湿っぽい空気を吸い、腫れて赤くなりはじめている胸の打撲傷を指でまさぐる。

銃創よりはましだ。

前方に広がる鬱蒼とした沼沢地を突き進む。ぬるい水がズボンの脚に染みこみ、歩いてきたところにねばつく土の薄い層ができている。泥がブーツにからみついて引っ張ってくるのを感じ、足からそれを落とそうとする。蚊の群れを手で払うと、一瞬だけ散らばるが、いっそう熱心にまた集まってくるだけで、尊大なふるまいの罰として無数のかゆい傷という焼き印を押そうとしてくる。

残していった死体が別人だとレンが気づくまでに長くはかからないだろう。気づいたら、すぐに真相を見抜くにちがいない。エミリーは記憶のままに賢いし、激怒に突き動かされている。見つめ合ったとき、目が怒りで燃えていた。ちょうどいま、この体を容赦なく襲っている蚊のように、こうなる前からレンはジェレミーの血に飢えていたし、いまごろその飢えは飽くことを知らなくなっている。それでも、この決闘の勝者は自分であり、いずれ長きにわたる戦争にも勝利を収めるだろう。

レンはジェレミーを撃てなかった。その指は引き金のあたりをさまよっていたが、引き金を引くことはなかった。いまならそれもちがってくるだろうか。もう一度機会を与えられても、レンはまたためらうだろうか。あいにくだが、そんな機会は二度と訪れない。じきにジェレミーはここから何百マイルも離れるからだ。背負ったバックパックの位置を直し、からんだり引っかかったりしてくる木々のあいだを抜けていく。このあたりに小道は通っていないが、土地鑑ならある。ワニ狩りを経験させようと、父親が連れてきてくれたことがある。もちろん、一匹もつかまえられなかったが。

この場所を自分と分かち合っている怪物たちのことは強く意識している。暗くなると、その目は悪夢さながらに光る。どんな武器よりもすばやく人間を無力化できる尾を持ち、ぬかるみを滑るように動く。彼らこそが真のバイユー・ブッチャーであり、残忍で容赦がない。今夜は自分もその一員となる。

太陽が地平線の下に沈み、それと同時に夜の音が湧きあがる。ジェレミーは前方に延びる道路へ向かって歩く。

謝辞

わたしのジョンに。この物書きという仕事はしょせん自分には無理だと思ったときも、変わらずにわたしを支え、励ましてくれてありがとう。何か閃くたびにわたしが外にすわってキーボードを叩き、コーヒーをがぶ飲みするあいだ、子供たちを見てくれてありがとう。この本の最初の一文を書きはじめる自信を与えてくれてありがとう。いつまでも愛しているし、感謝している。あなたはかけがえのない宝物。ルイジアナのバイユーであなたをけっして狩ったりしないと約束する。

カレンに。こんな人が現実にいるとは思えないくらいの理想の義母でいてくれてありがとう。献身的で、いつも喜んでわたしを執筆作業に送り出し、子供たちと遊んでくれた。あなたが思っている以上に感謝しているし、あなたがいなければこの本は書きあげられなかった。

母さんと父さんのことは献辞でもう触れたけれど、わたしに命を与えてくれたのだから、繰り返し感謝してもいいわよね。この悪夢のような本を書くための道具と、自信と、愛情を与えてくれてありがとう。子供のころ、夜驚症になったときはずっと手を握っていてくれたけれど、ひとつ恩返しができたわね。誓って言うけれど、これでも敬意と愛情を表しているのよ。信じて。ふたりとも大好きよ。

アッシュ。あなたはわたしの親友であり、妹であり、姪であり、ビジネスパートナーだ。わたしがどんな帽子をかぶらせても似合うし、この本を書きあげるうえで欠かせない役割を果たしてくれた。いつも声に出して読んでくれてありがとう。おかげでちがう声で聞けた。毎日怖がらせることを許してくれてありがとう。

きょうだいたちに。エイミー、あなたはわたしの姉であり、親友のひとりだ。小さいころのわたしの髪を洗うのが許されたただひとりの人で、いまもそうだとは言えないけれど（自分で髪を洗うようになったから）、大人になっても小鳥を眺めるのを楽しんでいるのはあなたのおかげ。笑顔をかたどったフライドポテトのランチドレッシング添えのような愛情を注いでくれてありがとう。

JPは兄であり、別次元では双子同士でもある。わたしたちは見た目も考え方も似ている。たぶんどちらも《ヘルレイザー》の世界に行ったらパズルボックスをいじくって、セノバイトたちの地獄絵図をこの世に解き放ちかねないが、それでもハイタッチして喜びそうだ。わたしを励まし、わたしといっしょに創作してくれてありがとう。

ドクター・ストーンに感謝を。ずっと憧れていた世界に飛びこむ機会を与えてもらい、指導を受けた恩はいつまでも忘れない。この本は解剖室で生まれたが、わたしがそこを体験できたのはあなたのおかげだ。

わたしのチームに。セス、アンディ、マリッサたちのすばらしさはことばでは表せない。これはおおごとだ。というのも、《25年目のキス》でジョジー・〝グロッシー〟・ゲラーが言った不朽の台詞のとおりで、〝ことばはわたしの命なの！〟とわたしも思っているからだ。頼れる人たちでいてくれて、それからこの本を書ける気にさせてくれてありがとう。

著作権代理人のサブリナに。サブリナ、わたしたちはもう一心同体よ。わたしからは一生逃れられないから。わたしの愚かなふるまいや不安に付き合ってくれてありがとう。わたしはいつも主導権を握りたがって、この物語の創作中に起こったあらゆることを細大漏らさず知りたがったけれど、それにも付き合ってくれてありがとう。あなたのおかげでもっとましな作家になれたし、その過程であなたと友人になれてうれしい。

驚嘆すべき編集者のサリーナに。宇宙がわたしたちをめぐり合わせてくれたように感じている。出会ったその瞬間から、あなたはわたしを理解し、わたしの物語を理解し、わたしがそれを理想の形へと変えるのを手伝ってくれた。心から感謝している。あなたのおかげでこの本は実現したし、あなたが最大限に魅力を引き出してくれた。ジェレミーだってあなたには感心すると思う。それはそれですごいけれど恐ろしくもあるわね。わたしが作り出したささやかで不気味な世界に賭けてくれてとてもうれしい。

ザンドに。この本に対して、わたしと同じ見方をしてくれてありがとう。作家になるという夢を実現させてくれてありがとう。

スティーヴン・キング、パトリシア・コーンウェル、R・L・スタイン、クリストファー・パイク、エドワード・ゴーリー、アルヴィン・シュワルツ、スティーヴン・ギャメルに感謝を。あなたたちのおかげで、長いあいだどうにかしようとしてきた自分の暗く、神経質で、臆病で、変わり者の部分を受け入れられた。世界中の変人たちに、自分の変わり者の部分を活かして創作するきっかけを与えてくれてありがとう。

ニューオーリンズに。この街の精神をこの本で感じてもらえたら幸いだ。これほど刺激的な場所をわたしの頭の中に宿してくれてありがとう。

訳者あとがき

アメリカ南部のメキシコ湾岸諸州には、ミシシッピ川下流域を中心に、バイユー（bayou）と呼ばれる沼沢地が広がっている。語源は「小さな流れ」を意味する先住民族の語bayukとされ、ルイジアナ州のフランス系住民を通じてアメリカ英語に持ちこまれたようだ。日本語では緩流河川（かんりゅうかせん）とも訳され、流れが非常にゆるやかな水域であることを特徴とする。このような地形は各地に存在するが、バイユーといえばアメリカ南部のそれを指すのが一般的で、ミシシッピ州やルイジアナ州は俗にバイユー州とも呼ばれているし、テキサス州最大の都市ヒューストンにはバイユー・シティという愛称がある。

バイユーは緑豊かな自然の宝庫であり、さまざまな生命を育んでいるが、人間を寄せ付けない面も持っている。アリゲーターをはじめとする危険な生物が生息しているし、鬱蒼と茂るヌマスギなどの木々は日光をさえぎり、陰気で不吉な印象さえ与える。作中ではわが国の青木ヶ原樹海にたとえられているが、それもあながち的はずれとは言えないだろう。

アレイナ・アーカートのデビュー作となる本書『解剖学者と殺人鬼』は、そんなバイユーで起こった連続殺人事件の謎を追うサイコスリラーであり、バイユー・ブッチャーと呼ばれる殺人鬼と女性法医病理学者の対決が描かれている。序盤のあらすじをまとめておこう。

ルイジアナ州ニューオーリンズで監察医を務めるレン・マラーは、深夜に呼び出され、死体遺棄現場へ向かう。そこはセヴン・シスターズ・スワンプと呼ばれる沼地で、腹部を切り裂かれた半裸の女の死体が水に浸かっていた。身分証や凶器などの手がかりは見当たらなかったが、被害者のものとおぼしき着衣が近くにたたんで置かれており、さらにペーパーバックが一冊残されていた。それは『食屍鬼(グール)』という書名の、ホラー小説のアンソロジーだった。

監察医務院で検死をおこなったレンは、死体の頸部のあざに注目する。あざは血流がないと生じないから、犯人は被害者の首を絞めても殺しはせず、そののち腹部を切り裂いて死に至らしめたと考えられた。また、死後硬直の程度や肝臓の温度を考慮すれば、死亡推定時刻は約三十六時間前になるが、死斑の色がそれに合致しない。死後にそれだけの時間が経過すれば死斑は濃い赤や青や紫になるはずなのに、明るいピンク色にとどまっている。

こうしたことから、レンは死体が冷凍されていたと推測する。

レンからこのような所見を聞いたニューオーリンズ市警のジョン・ルルー刑事は、連続殺人犯が野放しになっている可能性を指摘する。二週間前にも、地元のバーの裏で、水に浸かった若い女の腐乱死体が発見されていたからだ。被害者の喉には本の一部が押しこまれていて、その大半は判読できなかったが、〝第七話〟ということばがかろうじて読みとれる一ページだけはほぼ無傷だった。今回の死体遺棄現場で発見された本は第七話が破りとられており、二週間前の死体の喉に残されていたのがまさにその第七話であることが判明したという。今回の現場がセヴン・シスターズ・スワンプであることを考えれば、犯人はつぎに死体を遺棄する場所のヒントを残しているのかもしれなかった。

実際、今回の被害者の着衣にも紙切れが押しこまれていた。ユリの花の模様で一部が縁取られた玉虫色の紙で、特徴的な品だが、その正体は不明だった。さらに、今回の現場で発見された本には、図書館の帯出カードがはさまれていた。帯出カードの最後にはフィリップ・トルドーという名前が記されており、レンはこの人名をどこかで聞いたことがあった。ただし、ルルーが調べたところ、フィリップ・トルドーはマサチューセッツ州在住で、二十年以上前にルイジアナ州に住んでいたが、その後は訪れていないらしい。したがって、事件とはかかわりがないと考えられたが、レンはこの名前に聞き覚えがあるという思いを振り払えなかった。

残忍な殺人事件がつづいたせいでニューオーリンズの人々には動揺が広がり、悪魔崇拝者の仕業だと声高に主張して警察の怠慢を糾弾する者も現れた。警察内では、かつて街を震撼させた連続殺人鬼、バイユー・ブッチャーが戻ってきたのではないかという意見もあった。レンとルルーは犯人が残したヒントを解き明かしてつぎの犯行を阻止しようと奮闘する。

（本作はレンを視点とする章と、犯人であるジェレミーを視点とする章が交互に描かれる構成になっており、レンやルルーによる捜査が語られる一方で、ジェレミーの恐ろしい計画も明らかになっていく）

ジェレミーはつぎの週末を楽しみにしていた。狩りをおこなう予定だからだ。ただし、狩りといっても、獲物は動物ではない。人間だ。バイユーのただ中に建つ自宅の広大な敷地に、拉致してきた人間を放ち、狩り立て、追い詰め、殺すつもりでいる。獲物となる〝客〟はすでにふたり確保してある。マットとケイティという名前の男女で、ドラッグで誘って家に連れこみ、いまは地下室に監禁している。ただし、このふたりはいやになるくらい平凡で、ジェレミーが渇望しているやりがいを与えてくれそうにない。だから、客を増やす必要があった。そこで目をつけたのがエミリー・マローニーという女学生だった。

ジェレミーは偽名で大学の医学校にかよっており、エミリーと同じ講義を受けていた。知り合ってから慎重に検討を重ねたが、エミリーは有能で、人に頼らず、頭が切れるし、体力もありそうだから、マットやケイティよりはるかに歯ごたえのある獲物になってくれそうだった。ジェレミーはエミリーを拉致する計画を立てる。そしてみずからが愛してやまないバイユーで人間狩りをするという究極の快楽を味わおうとする。

その後、レンの物語とジェレミーの物語は思いもよらない形で交錯し、あまりにも意外な因縁が明らかになる。これ以上書くと重大なネタバレになってしまうため、つづきはどうぞご自分の目で確かめていただきたい。

すでに本文をお読みのかたはお気づきだろうが、作中では法医病理学者にして監察医であるレン・マラーの仕事が非常にリアルに描かれている。それもそのはずで、著者のアーカートは解剖技師として働いている。また、謝辞に名前が出てきた姪のアッシュ・ケリーとともに、Morbid: A True Crime Podcast というポッドキャスト番組のホストも務めている。この番組はテッド・バンディのような悪名高いシリアルキラーや、ジョンベネ殺害事件などの謎の多い事件を取りあげて解説するもので、アメリカのポッドキャスト番組ではトップ20にはいるほどの人気を誇っているようだ。著者が実在の有名な殺人犯に詳しく、本作にもそのエピソードをいくつか組みこんでいるのは、こういう経歴によるものだろう。ちなみに、著者はクラリス・スターリング（《羊たちの沈黙》の主人公のＦＢＩ訓練生）とは友人になれると心から信じているそうだ。

本作の原書は二〇二二年に出版されると、大好評を博した。デビュー作であるにもかかわらず、《ニューヨーク・タイムズ》紙のベストセラーリストでは初登場でいきなり二位になるという快挙を成し遂げ、その後もしばらく上位にとどまった。解剖技師としての経験と、犯罪を扱うポッドキャスト番組のホストとしての知識を活かしたリアルなサイコスリラーに仕上がっている点が、高評価の理由と言えるだろう。訳者としては、続篇をにおわせる終わり方になっているのが気になるところで、まだ新作の情報はないものの、いずれまたアーカートの作品をお届けできればと願っている。

最後になりましたが、本書の訳出にあたっては、株式会社早川書房の今坂朋彦氏とみなさまにたいへんお世話になりました。心よりお礼を申しあげます。

二〇二三年十月

訳者略歴　1973年生，東京大学教養学部教養学科卒，翻訳家　訳書『黄金の時間』モス，『消えたはずの、』ジェントリー，『渇きと偽り』『潤みと翳り』ハーパー，『謎解きはビリヤニとともに』チョウドゥリー（以上早川書房刊）他多数

HM=Hayakawa Mystery
SF=Science Fiction
JA=Japanese Author
NV=Novel
NF=Nonfiction
FT=Fantasy

解剖学者と殺人鬼

〈HM⑸⑿-1〉

二〇二三年十一月十日　印刷
二〇二三年十一月十五日　発行
（定価はカバーに表示してあります）

著　者　アレイナ・アーカート
訳　者　青木　創
発行者　早川　浩
発行所　株式会社　早川書房

郵便番号　一〇一 - 〇〇四六
東京都千代田区神田多町二ノ二
電話　〇三 - 三二五二 - 三一一一
振替　〇〇一六〇 - 三 - 四七七九九
https://www.hayakawa-online.co.jp

乱丁・落丁本は小社制作部宛お送り下さい。
送料小社負担にてお取りかえいたします。

印刷・精文堂印刷株式会社　製本・株式会社フォーネット社
Printed and bound in Japan
ISBN978-4-15-185801-7 C0197

本書は活字が大きく読みやすい〈トールサイズ〉です。